Rose-Mary Hein
Federleicht … Rabenschwarz

AF199041

Rose-Mary Hein

Federleicht ... Rabenschwarz

Kurzgeschichten

Herstellung und Verlag:
BoD – Books on Demand, Norderstedt
ISBN 978-3-7504-2154-7

Bibliografische Information der Deutschen Nationalbibliothek: Die Deutsche Nationalbibliothek ver-
zeichnet diese Publikation in der Deutschen Natio-
nalbibliografie; detaillierte bibliografische Daten sind
im Internet über *www.dnb.de* abrufbar.

Inhaltsverzeichnis

Haben Sie keine Angst vor Büchern,
ungelesen sind sie völlig ungefährlich.

(Verfasser unbekannt)

Der Kugelfisch

Während ich unsere Koffer, das heißt, während ich
unter strengster Beobachtung Bernhards Koffer packte, ließ ich unser gemeinsames Leben Revue passieren. Wir waren seit fünf Jahren verheiratet. So lange
hatte ich es bisher in keiner meiner vier Ehen ausge-
halten. Aber Bernhard war eben anders als die anderen.

Vor einigen Tagen war Bernhard siebzig Jahre alt
geworden. Wir feierten wie immer im kleinen Kreis,
Bernhard mochte keine großen Veranstaltungen. Und
wenn er etwas nicht mochte, wurde es kommentarlos akzeptiert. Somit kamen, wie in jedem Jahr, nur
seine Tochter und sein Sohn zu seinem Geburtstag.
Wie immer mit einem riesigen, blauen Blumenstrauß.
Blau deshalb, weil Bernhard eine andere Farbe nicht
dulden würde. Und ich wusste inzwischen genau,
weshalb sich die beiden zähneknirschend mit ihrem
Vater an einen Tisch setzten: Sie hofften noch immer,
dass Bernhard sein Testament zu ihren Gunsten ändern würde. Er war sehr vermögend. Für sie war ich
nur die gewissenlose Erbschleicherin, die es auf den
Besitz ihres Vaters abgesehen hat. Dass ich zudem

auch noch fünfunddreißig Jahre jünger als ihr Vater war, machte die Sache nicht besser.

»Nun pass doch auf, Linda!« Der rüde Ton Bernhards beförderte mich schlagartig in die Gegenwart zurück. »Socken kommen in die obere rechte Ecke des Koffers.«

Unwirsch wies mich Bernhard zurecht. Seit er nach einem Treppensturz im Rollstuhl saß, war es mit ihm kaum noch auszuhalten. Fast auf den Tag genau vor einem Jahr, am ersten Weihnachtsfeiertag, war dieser Unfall geschehen. Sein Leben hing damals am seidenen Faden. Sogar die Polizei kam ins Haus und stellte mir und unserer Köchin unangenehme Fragen. Sie wollten wissen, wer das Essen zubereitet hat. Sie nahmen sogar die verwendeten Zutaten und die Reste der abendlichen Mahlzeit mit.

Weshalb ich meinem Mann Kugelfisch-Filet serviert habe, wollten sie wissen. Sie schauten mich dabei an, als würde ich unter Mordverdacht stehen.

»Weil Weihnachten ist«, entgegnete ich beleidigt. »Weil ich mir Weihnachten immer etwas besonderes ausdenke und es mit Hilfe unserer Köchin zubereite. Hier, sehen Sie, dieses Rezept habe ich im Internet entdeckt und ausgedruckt.«

Empört hielt ich dem Kommissar das Blatt unter die Nase. Darauf standen nicht nur die Zutaten wie Rettich, Wasabi-Paste, Mirin usw., sondern auch wie man den Fisch fachmännisch zerteilt und die ungenießbaren Körperteile wie Kiemen, Augen, Milz, Herz etc. entfernt, ohne dass das Gift das schmackhafte Fleisch ruiniert.

»Ich habe den Fisch selbst filetiert und mich akribisch an die Anweisung gehalten«, erläuterte ich dem Kommissar.

Dieser sah skeptisch auf das Rezept und dann zweifelnd zu mir. »Hm – und Sie haben nichts davon gegessen?«

Diese Frage war allerdings berechtigt. Der Kommissar konnte ja nicht wissen, dass ich nie Fisch aß.

»Nein, ich habe davon nichts gegessen.« Und nun erklärte ihm, dass ich weder Fisch noch Fleisch zu mir nehme. Damit war die Befragung beendet. Jedenfalls war klar, dass mir beim Zubereiten wohl ein kleiner Fehler unterlaufen sein musste. Meinem Mann wurde nachts übel und auf dem Weg ins Bad stürzte er die Treppe hinunter. Dabei brach er sich einige Wirbel und sitzt seither im Rollstuhl.

»Verdammt nochmal, Linda, wo bist du mit deinen Gedanken? Die schwarzen Stücke links in den Koffer, die blauen mittig und die Socken rechts oben!«

»Ja, ja, entschuldige, Bernhard …«

Gewissenhaft packte ich nun Bernhards Koffer, kontrollierte nochmals, ob mir nicht wieder ein Fehler unterlaufen war, klappte ihn zu und stellte ihn auf Wunsch Bernhards in den Flur neben die Eingangstür. Der Taxifahrer, der uns morgen zum Flughafen bringen würde, hätte somit keinen Grund, unser Haus zu betreten.

Am nächsten Tag, es war der 24.12., erreichten wir pünktlich am Abend unser Hotel an der Amalfiküste. Seit vier Jahren bewohnten wir dieselben Räume mit freiem Blick über das azurblaue Meer. Allerdings waren wir in den vergangenen Jahren immer erst am zweiten Weihnachtsfeiertag angereist.

Da Bernhard aber in diesem Jahr auf meine weihnachtlichen Kochkünste verzichtete, stand einer früheren Abreise nichts im Weg.

Aber auch dieses Weihnachtsfest stand unter keinem guten Stern. Bernhard nörgelte unentwegt. Mal fuhr im der Chauffeur, der vom Hotel zum Flughafen geschickt worden war, zu schnell – dann wieder zu langsam.

Als wir das Hotel erreichten, musste ich erst die Hinterräder des Rollstuhls anbringen. Eigentlich kein Hexenwerk. Auf Knopfdruck ließen sie sich leicht lösen und beim Aufstecken signalisierte ein leises Klickgeräusch, dass das Rad eingerastet war. Bernhard ging das alles zu langsam und ich wurde immer nervöser. Als er dann die Eingangshalle sah, dachte ich, er kollabiert. Der ehemals in verschiedenen Blautönen gehaltene Bereich erstrahlte nun in mediterranen, warmen Farben. Das war für Bernhard unerträglich. Man hatte im vergangenen Jahr das Hotel komplett renoviert.

Bernhard bekam einen Tobsuchtsanfall. Sogar der einst blaue Weihnachtsbaumschmuck war durch andersfarbigen ersetzt worden. Mein Mann rang nach Luft. Mit weit aufgerissenen Augen und wild fuchtelnden Armbewegungen verlangte er seinen Nitrospray.

Nach mir endlos erscheinenden Minuten fand ich den rettenden Spray in der Innentasche seines Sakkos. Kraftlos, in sich zusammengesunken, hing Bernhard in seinem Rollstuhl. Mit letzter Kraft gelang es ihm den Spray zu inhalieren. Einige Hotelangestellte standen irritiert und erschrocken um uns herum.

Zum Glück erschien Signore Lombardi. Fabio Lombardi war der Inhaber dieses luxuriösen Hotels. Und nicht nur dieses Hotel konnte er sein Eigen nennen. Signore Lombardi war ein sehr wohlhabender Mann.

Er überblickte blitzschnell die Situation und befahl seinen Leuten, Bernhard auf das Sofa im hinteren Teil der Lounge zu legen. Langsam zeigte das Medikament seine Wirkung. Das aschfahle Gesicht meines Mannes bekam wieder Farbe, und eine halbe Stunde später hatte er sich so weit erholt, dass wir endlich unsere Räume beziehen konnten. Bernhard verzichtete auf das Abendessen und ließ sich von mir ins Bett bringen. Ich stellte sämtliche Utensilien, auf die er nicht verzichten konnte, griffbereit in seine Nähe und wünschte ihm noch eine gute Nacht. Nebenbei erwähnte ich, dass ich noch eine Kleinigkeit essen gehen würde.

Vorwurfsvoll schaute mich Bernhard an und schwieg. Insgeheim machte er mich für die farbliche Veränderung im Hotel verantwortlich.

Na ja, und wenn ich ehrlich bin: Ich wusste davon. Fabio Lombardi hatte mich per Telefon davon in Kenntnis gesetzt. Er wusste, dass Bernhard unter einer Chromophobie, also der Angst vor bestimmten Farben, leidet und hoffte natürlich, dass sich mein Mann trotzdem mit der neuen Gestaltung anfreunden würde. Hätte ich Bernhard von der farblichen Veränderung berichtet, wäre dieses Hotel für ihn gestorben gewesen. Und das wollte ich um jeden Preis verhindern.

Eilig sprang ich unter die Dusche, schminkte mich sorgfältig, schlüpfte in mein dunkelrotes Kleid, dass ich in Begleitung Bernhards nie anziehen dürfte, und begab mich nach unten an die Hotelbar. Fabio Lombardi schien gerade im Begriff zu sein, sein Hotel zu verlassen. Als er mich sah, eilte er auf mich zu, erkundigte sich nach Bernhards Befinden und schaute mir dabei mitfühlend in die Augen.

Dankbar ergriff ich seine Hände und bat ihn, natürlich nur wenn es seine Zeit erlauben würde, mir noch etwas Gesellschaft zu leisten.

»Es ist Weihnachten, Signore Lombardi, Heiligabend, verstehen Sie?«

Er verstand und blieb. Wir tranken Champagner, aßen einige Kleinigkeiten, die er extra für uns in der Küche zubereiten ließ, und als wir auseinandergingen, nannte er mich Linda und ich ihn Fabio.

Am nächsten Tag sprach mein Mann kein Wort mit mir. Er ließ sich auch nicht von mir an die Strandpromenade begleiten, sondern von einer jungen Hotelangestellten. Auf dem abschüssigen Weg geschah es dann: Das rechte Hinterrad seines Rollstuhls war offensichtlich nicht richtig eingerastet und löste sich von der Radnabe. Die junge Angestellte konnte ihn nicht halten und Bernhard überschlug sich mehrmals mit seinem Gefährt. Er hat es nicht überlebt.

Tja – und inzwischen ist wieder genau ein Jahr vergangen. Seit vier Wochen bin ich Signora Lombardi.

Heute bat mich Fabio, ihn mit einem selbstgebackenen Kuchen zu überraschen. »Ach ja«, meinte Fabio, »und vergiss nicht, Linda …«

Ich musste lachen und unterbrach ihn.

»Ja, ich weiß, mein Liebster, deine Allergie. Nur die kleinste Spur einer Nuss würde dich umbringen …«

Jimmy

Knapp siebzehn waren wir, als wir uns im *Montana* trafen. Wir feierten unseren Schulabschluss, und unsere Wege würden sich bald trennen.

Das *Montana* war der verruchteste Schuppen, den die Kleinstadt zu bieten hatte. Dort bei Cola mit Schuss zu sitzen, eine nach der anderen zu paffen, zwischendurch »Kuss mit Liebe« zu schlürfen, einen Likör, der aus Kirsch- und Eierlikör bestand – sündiger konnte die Sünde nirgendwo sein.

Montana ohne Jungs ging gar nicht. Da war Helmut, groß, kaffeebraune Haut, Besatzungskind wie einige von uns, aber er war der Attraktivste und der Schwarm aller Mädchen.

Max hingegen war aus anderen Gründen beliebt. Wenn er einen Raum betrat, war gute Laune vorprogrammiert.

Und dann war da Jimmy, Jimmy Männlein. Lang und hager, rotblondes Haar, wässrig schimmernde blaue Augen, Sommersprossen ohne Ende und eine altmodische Hornbrille, die seine Augen riesengroß erschienen ließen. Er erweckte in jedem von uns den Beschützerinstinkt. Jimmy war der personifizierte

Außenseiter aus dem Bilderbuch. Sommersprossen haben, dicke Brille tragen und dann auch noch Männlein heißen – das war zu viel.

Aber dann spielten sie Rock 'n' Roll im *Montana*. Um genau zu sein: *Jailhouse Rock* von Elvis Presley. Und siehe da: Aus dem scheuen Außenseiter Jimmy wurde der Rockstar der Nacht. Wir trugen damals raschelnde Petticoats, hochhackige, spitze Schuhe, die wir zur Seite schleuderten, wenn wir mit ihm tanzten, und alle waren wir wild auf einen Rock 'n' Roll mit Jimmy. Niemals kam man mit ihm ins Straucheln. Kraftvoll schleuderte er seine jeweilige Tanzpartnerin herum, hob sie hoch und fing sie auf. Nach der Abschlussfeier küssten wir uns sogar am alten Kriegerdenkmal, und erst 25 Jahre später beim Klassentreffen sahen wir uns wieder. Dazwischen lagen Kinder, Beruf, Ehen, Karrieren. Aufs und Abs eben.

Über all dies wurde gequatscht, als wir uns endlich wiedertrafen. Nach Mitternacht zogen wir in eine Disco. Belächelt von den wesentlich jüngeren Stammgästen sagte ich zu Jimmy: »Jetzt lasse ich einen Rock 'n' Roll spielen, nicht irgendeinen, sondern *Jailhouse Rock*.« Der Mann am Gerätepult hatte leider keinen Rock 'n' Roll, und ich versprach Jimmy: »In zehn Jahren, wenn wir uns alle wiedersehen, werde ich diesen Song mitbringen.«

Er lächelte.

Im Sommer darauf lag ein naturweißer Umschlag mit einem schmalen schwarzen Rand in meinem Briefkasten. »Nach mit Geduld ertragenem …«

Ich überflog die Zeilen. Meine Tochter stand neben mir, bemerkte meine feucht schimmernden Augen und wollte wissen was los sei.

»Jimmy, Jimmy gibt's nicht mehr.« Ich konnte nicht verhindern, dass mir die Tränen über die Wangen liefen. »Nie mehr, nie mehr einen Rock 'n' Roll mit Jimmy …«

Blümchen

Sie nannten ihn Blümchen. Nicht sehr originell, wenn man bedenkt, dass Blümchen über 1,90 Meter groß war und mindestens zwei Zentner wog. Ich dagegen brachte gerade mal sechzig Kilos auf die Waage, was mir den Spitznamen Mücke einbrachte.

Seit sechs Monaten teilten wir uns eine Zelle in der hiesigen Justizvollzugsanstalt. Rein theoretisch hätten wir Anspruch auf eine Einzelzelle – aber eben nur theoretisch.

Blümchen hatte man lebenslänglich aufgebrummt, mir nur fünfzehn Jahre. Fünfzehn Jahre dafür, dass ich Kurt, den Liebhaber meiner Mutter, umgebracht hatte. Als man mich vor Gericht fragte, ob ich die Tat bereue, sagte ich ihnen, dass ich nur bereue, es nicht schon viel früher getan zu haben. Zur Tatzeit war ich sechsundzwanzig Jahre alt gewesen.

So nach und nach erfuhr ich auch, weshalb Blümchen einsaß. Nicht, dass er davon gesprochen hätte. Nein, Blümchen erzählte wenig. Es sei denn, es ging um das Thema Schreiben. Jede freie Minute saß er an dem schmalen Tisch und kaute nachdenklich auf seinem Stift herum. Plötzlich gluckste und kicherte er wie ein Kleinkind, beugte sich zufrieden über sein Blatt Papier und schrieb und schrieb. Was mich fast in den Wahnsinn trieb, waren diese unentwegten, zufriedenen Grunzlaute. Hatte er eine Geschichte beendet, verzierte er das Geschriebene rundherum mit kleinen Blümchen. Es war grotesk, zumindest bei den Geschichten, in denen es um Mord ging.

Manchmal schrieb er auch Gedichte. Sie reimten sich selten, drehten sich aber kurioserweise immer um Liebe. Bei diesem Thema wischte er sich häufig mit der Hand über die Augen und schniefte verdächtig laut. Seine Verse endeten meistens mit dem Satz: »Ich habe dich geliebt und du hast gelacht, nur deshalb habe ich dich tot gemacht.«

Eins hatte ich inzwischen begriffen: Blümchen auszulachen, sich über ihn lustig zu machen, konnte tödlich enden. In diesem Punkt waren wir uns sehr ähnlich, aber das wusste Blümchen nicht. Vor ungefähr zwei Wochen knallte er mir drei vollgeschriebene Seiten vor die Nase und forderte mich lautstark auf, sie zu lesen. Bisher hatte er mir seine Geschichten immer vorgelesen, und insgeheim bewunderte ich ihn für die Gabe des Schreibens.

»Nun lies schon, du musst das lesen, das ist der perfekte Mord.«

Was er nicht ahnte: Ich konnte nicht lesen. Aber er ließ nicht locker. Genervt fegte ich die Blätter zur Seite und brüllte ihn an, er solle mich mit dem Mist in Ruhe lassen. Und dann machte ich einen entscheidenden Fehler: Ich lachte lauthals los. Bevor ich mich versah, zerrte er mich blitzschnell von meiner Pritsche. Mit seinem rechten Arm schob er mich langsam die Zellenwand hoch. Hilflos strampelnd, ohne Bodenhaftung, versuchte ich mich aus dieser bedrohlichen Lage zu befreien. Ich hatte keine Chance.

»Mist? Was sagst du da, ich schreibe Mist?« Dabei drückte er mir mit seiner schraubstockartigen Pranke die Luft ab. Kurz bevor mir die Sinne schwanden, lockerte er den Griff und ich fiel zu Boden. Gierig sog ich hustend und keuchend den Sauerstoff in meine Lungen. Da griff er wieder nach mir und hievte mich, während ich noch immer verzweifelt nach Luft rang, auf meine Liege. Er umfasste meine Oberarme und schüttelte mich, als wäre ich ein bockiges Kind, das man zur Vernunft bringen will. Er schnaubte vor Wut: »Das machst du nie wieder, Mücke, nie wieder, hast du das verstanden? Beim nächsten Mal bist du tot.«

Er schüttelte und schüttelte und schüttelte, und dann sah ich Kurt vor mir. Genau so hatte Kurt, Sportlehrer und Liebhaber meiner Mutter, mit mir gesprochen.

Schütteln – »Lern endlich!« – »Hast du mich verstanden, Schwachkopf?« – Schütteln – Schlagen – »Sag das Alphabet auf, du Niete!« – wieder Schütteln – zwei Tage im Keller – danach mich trösten wollend, mich in meinem Bett aufsuchend – mein Nein, mein Weinen ignorierend …

Kurt ist tot, das Alphabet kann ich bis heute nicht. Ich habe andere Fähigkeiten.

»Und welche Fähigkeiten sind das?«

Seit einer Stunde saß mir Heino Wilke gegenüber. Er stellte mir Fragen, die mein Leben betrafen. Herr Wilke tat dies, in einer mir ungewohnten, freundlichen und höflichen Art.

Die Kamera lief, und ich erzählte ihm alles, was er wissen wollte. Die Sendung würde in einigen Monaten von einem öffentlich-rechtlichen Sender unter dem Titel *Wiederholungstäter* ausgestrahlt werden.

»Taekwondo, wissen sie was das ist?«

Herr Wilke nickte: »Eine Kampfsportart.«

»Genau, und ich bin gut, ich bin sogar sehr gut.«

Jetzt war ich in meinem Element. Ich sprang auf und demonstrierte ihm pantomimisch, wie man die Hand führen muss, damit der Gegner sofort zu Boden geht.

»Mit der Handkante – nur einmal seitlich gegen die Halsschlagader –, und es ist vorbei.«

Heino Wilke wiegte verständnislos den Kopf und meinte: »Sie hatten ihre Strafe fast abgesessen, Sie wären bald ein freier Mann gewesen.«

»Ja, dumm gelaufen, aber er hätte mich nicht schütteln dürfen, er hörte nicht auf mich zu schütteln und zu schütteln und brüllte mich dabei an. Plötzlich sah ich wieder Kurt vor mir – und schlug zu. Mit der Handkante, wenn Sie verstehen. Der Schlag war perfekt. Blümchen ging ohne einen Laut von sich zu geben zu Boden. Wie gesagt, ich bin gut, sehr gut sogar.«

Das Schatzkästchen

Freitag, mein erstes freies Wochenende seit langem. Endlich hatte ich Zeit, den Inhalt meiner Schränke zu inspizieren, um Unnötiges zu entsorgen. Eigentlich keine Aufgabe, für die man einen höheren Schulabschluss benötigt, aber ich kam nicht voran.

Es fiel mir schwer, mich auf dieses Vorhaben zu konzentrieren. Lena Masur ging mir nicht aus dem Kopf. Seit zwanzig Jahren arbeitete ich im Seniorenstift *Regenbogen*. Ein gepflegtes Haus, in bester Lage, mit Zugang zum Kleinen Wannsee. Wer seinen Lebensabend in diesem Etablissement verbringen möchte, sollte über die entsprechenden Mittel verfügen.

Lena Masur bewohnte seit knapp vier Jahren eine der kleineren Wohneinheiten. An den Tag, als sie zu uns gekommen war, konnte ich mich noch gut erinnern.

Sie war anders als die anderen Bewohner. Trotz ihrer damals fast fünfundsiebzig Jahre betrat sie aufrecht und – wie soll ich sagen – würdevoll und entschlossen jenes Haus, das ab jetzt ihr neues Zuhause sein würde. Begleitet wurde sie von einer Dame und einem Herrn, die nicht, wie ich vermutete, ein Ehepaar waren, sondern Lenas Sohn Vadim und ihre Tochter Marena. Freundlich begrüßte ich die Ankömmlinge und begleitete sie zu dem kleinen Appartement. Einige persönliche Möbelstücke und Kartons waren kurz zuvor von einem Umzugsunternehmen geliefert und lieblos in den Wohnbereich gestellt worden.

Als hätten die drei sich vorher abgesprochen, fand flink und fast wortlos jedes Möbelstück seinen Platz. Der Inhalt der Kartons wurde in Schubladen verstaut und Kleidung auf Bügel gehängt. Frau Masur saß in ihrem alten Sessel mit der hohen Lehne und beobachtete mit wachen Augen, wie sich das neue Domizil in ihr Heim verwandelte.

Das war vor vier Jahren gewesen. Vier Jahre, in denen sich zwischen Frau Masur und mir eine vertrauensvolle, freundschaftliche Ebene entwickelt hatte. Irgendwann meinte sie lachend zu mir: »Lass doch diese steife Anrede Frau Masur, nenne mich einfach Lena.«

Die ersten Wochen, in denen Lena bei uns wohnte, sprach sie sehr wenig. Sie nahm zwar an den gemeinsamen Mahlzeiten teil, schloss sich aber niemandem an. Mit interessiertem Blick beobachtete sie ihre Mitbewohner und hörte aufmerksam den Gesprächen zu. Bisweilen aber stand sie abrupt auf und verließ ihren Platz.

Dieses seltsame Verhalten irritierte nicht nur mich. Eines Tages wollte ich sie fragen, weshalb sie mitunter fluchtartig den Raum verließ. Aus diesem Grund suchte ich sie in ihrem Wohnbereich auf. Ich klopfte erst zaghaft, dann etwas energischer an ihre Tür. Kein Laut drang aus ihren Räumen. Beunruhigt trat ich ein, doch von Lena keine Spur.

Inzwischen wusste ich, dass Lena, immer wenn sie allein sein wollte, zum See hinunterging und die etwas versteckt gelegene Bank aufsuchte.

Bis zu diesem Zeitpunkt hatte ich ihren Wunsch, allein sein zu wollen, stets respektiert. Aber heute war ich besorgt. Ich hätte nicht benennen können, warum ich ihr ausgerechnet an diesem Tag folgte.

Lena saß bewegungslos auf der kleinen Bank und starrte auf den See. Mein Kommen schien sie zu ignorieren. Ich fragte, ob ich mich neben sie setzen dürfte, und bekam keine Antwort. Wortlos rutschte sie aber ein Stück zur Seite und ich setzte mich zu ihr. Wie lange wir stumm und reglos nebeneinander verweilten, weiß ich nicht mehr. Unvermittelt fing sie an zu sprechen.

»Wir hatten einen Picknickkorb dabei, ja, einen blauen Picknickkorb. Innen mit buntem, leicht verblichenem Blümchenstoff ausgeschlagen. Und eine knallrote Decke. Er hatte Wein, Käse und Brot eingepackt, manchmal zauberte er auch eine eisgekühlte Flasche Sekt aus jenem Korb. Wir fuhren immer zu ›unserem‹ See. Unser Lieblingsplatz war für andere nicht einsehbar. Manchmal war der Platz besetzt und wir mussten eine andere Stelle suchen. Die Fahrräder stellte er so geschickt nebeneinander, dass sie uns vor den Blicken neugieriger Spaziergänger schützten.«

Lena lächelte während sie sprach und schaute dabei unverwandt auf den ruhig vor uns liegenden Kleinen Wannsee.

»Manchmal saßen wir nur stumm nebeneinander und ich wusste, dass er an seine Familie dachte, an seine Kinder, die er sehr vermisste. Ich kannte sie nur von den wenigen Fotos, die ihm seine Frau sporadisch schickte, und aus seinen Erzählungen. Er war oft traurig, weil er noch nicht endgültig bei ihnen sein konnte.

Und was taten wir, er und ich? Wir stahlen uns ein bisschen Zeit. Genossen den Augenblick und wussten, dass diese gemeinsamen Momente etwas ganz Besonderes waren.«

Irritiert und neugierig hörte ich Lena zu, die unvermittelt meine Hand nahm, so als würde sie mich erst jetzt bemerken.

»Entschuldige, Marie«, sagte Sie zu mir, «das ist das Geschwätz einer alten Frau. Selbstgespräche, ich weiß, ich führe Selbstgespräche. Zu Vadim und Marena sagte ich immer: ›Ich krame gerade wieder in meinem Schatzkästchen.‹«

»›Schatzkästchen‹, was meinst du damit?«

So erfuhr ich von Lenas »imaginärem« Schatzkästchen. Sie hatte sich das als junges Mädchen ausgedacht. Sie fragte sich damals: »Wo bleiben unsere schönen Erlebnisse? Wo bleiben die besonderen Momente unseres Lebens? Wo bleibt dieses wunderbare Gefühl, das wir mit diesen Geschehnissen verbinden?«

Und so beschloss Lena: Das kommt in mein ganz persönliches Schatzkästchen. Sie meinte, man sollte es allerdings regelmäßig öffnen und nach den Schätzen sehen. Dazu sucht man sich einen geeigneten Ort und konzentriert sich auf den Inhalt des Kästchens. Da nur die schönen Augenblicke des Lebens darin ihren Platz gefunden haben, verfehlt der Inhalt selten seine Wirkung.

Lena stand auf, hakte sich bei mir ein, und während ich das Gehörte verarbeitete, gingen wir langsam zurück ins Haus.

Jener Tag auf der Bank am Wasser war der Beginn einer ganz besonderen Freundschaft. Von diesem Moment an begleitete ich Sie, immer wenn es meine Zeit erlaubte, zum See. Wir setzten uns auf die Bank unter den alten Kastanienbaum, der an besonders heißen Tagen wohltuenden Schatten spendete, und ich lauschte ihren Erzählungen.

Lena erzählte nie chronologisch. Und während sie redete, war sie in ihrer eigenen Welt. Sie wirkte entrückt, verzaubert, gefangen in ihrer Vergangenheit. Mal lachte sie laut auf – dann wieder kräuselte sie nachdenklich die Stirn. Nur manchmal hörte sie mitten im Satz auf zu sprechen. Es dauerte sehr lange, bis mir auffiel, dass sie immer dann lächelnd ihre Erzählung unterbrach, wenn sie den Namen Franco erwähnte. Bis ich verstand, welche Rolle Franco in Lenas Leben gespielt hatte, verging noch einige Zeit.

Letztlich waren es Marena und Vadim, die mir von der besonderen Beziehung von Franco zu ihrer Mutter berichteten. Unser Gespräch fand in Abwesenheit Lenas statt. Lena war ins Krankenhaus gebracht worden, nachdem sie im Garten unglücklich gestürzt war. Außer ein paar Prellungen trug sie keinen weiteren Schaden davon. Vorsichtshalber sollte sie aber ein paar Tage in der Klinik bleiben.

Ich inspizierte gerade ihren kleinen Kühlschrank, um leicht verderbliche Ware zu entsorgen, als die Geschwister die Wohnung betraten. Sie wollten ihrer Mutter ein paar persönliche Dinge ins Krankenhaus bringen.

Dazu gehörten bestimmte Hautpflegemittel, der Lippenstift, ein paar Ohrringe und der kleine Vergrößerungsspiegel. Ich musste lächeln. Typisch Lena: In ihrer liebenswerten Eitelkeit unterschied sie sich schon immer von ihren Altersgenossinnen.

Marena legte obenauf ein kleines, abgegriffenes Büchlein, das ich noch nie gesehen hatte. Sie bemerkte meinen fragenden Blick und meinte: »Marie, wusstest du, dass dieses Büchlein wichtiger ist als jeder Lippenstift, jede Creme oder was weiß ich?«

Es enthielt Kinderbilder von Marena und Vadim sowie von Personen, die ich längst durch Lenas Erzählungen kannte und die nun ein Gesicht bekamen. Auf einigen Bildern war Lena mit einem jüngeren, dunkelhäutigen Mann abgebildet.

»Das ist Franco. Franco Fernandez«, klärte mich Marena auf.

»Franco«, wiederholte ich. »Das ist also Franco? Welche Rolle spielte er im Leben eurer Mutter?«

»Oh, *spielte* ist falsch«, meinte Marena. »In Lenas Kopf, in ihrem Herzen ist Franco allgegenwärtig. Unsere Mutter war damals Ende vierzig, als ihr Franco begegnete. Etwas desorientiert lief er zwischen den Regalen der Ärztlichen Zentralbibliothek hin und her. Lena war damals für die Ausgabe der Bücher zuständig und bot ihm Hilfe an. So lernten sie sich kennen. Er wurde dort Stammgast und kam verdächtig oft. Das war dann wohl der Einstieg in eine ganz besondere Liebesgeschichte.«

Marena schmunzelte plötzlich. »Vadim und ich ahnten sehr schnell, dass eine Veränderung im Leben unserer Mutter stattgefunden haben musste. Sie war wie verwandelt. Und dann besuchten wir sie unangemeldet und lernten ihn kennen. Anfangs waren wir alle irritiert und unsicher. Nach der zweiten Tasse Kaffee war merkwürdigerweise jegliche Fremdheit verschwunden. Dass Franco achtzehn Jahre jünger als unsere Mutter war, spielte keine Rolle. Vadim, der eigentlich von Natur aus sehr misstrauisch ist, verhielt sich lammfromm. Er fand den Freund unserer Mutter auf Anhieb sympathisch. Na ja, und von dem Moment an war Franco ein Mitglied unserer Familie. Zweimal im Jahr war er für vier Wochen in Chile bei seiner Frau und den Kindern und stellte, auf Drängen unserer Mutter, dort die Weichen für seine berufliche Zukunft.

Jahre später erfuhren wir von Franco, dass unsere Mutter ihm damals einen großen Geldbetrag mit den Worten ›Wenn deine Praxis läuft, kannst du es mir zurückzahlen‹ zur Verfügung gestellt hatte.

Er zahlte es zurück und nicht nur das. Vor ein paar Jahren brach unsere Mutter aus unerfindlichen Gründen den Kontakt zu Franco ab. Daraufhin angesprochen lächelte sie nur und meinte: ›Es ist genug. Ich weiß, dass es ihm gut geht, und er und ich wissen, dass unsere gemeinsame Zeit etwas ganz Besonderes war. Wir werden dieses wunderschöne Kapitel unseres Lebens nie vergessen. Wir haben doch beide unser Schatzkästchen.‹

Die Verbindung zu Franco haben wir aufrechterhalten. Vadim und er korrespondieren regelmäßig. Franco will natürlich weiterhin wissen, wie es ›seiner Lena‹ geht. Und als wir vor einigen Jahren unsere Mutter nach Berlin holten und uns für diesen herrlichen Altersitz am Kleinen Wannsee entschieden, war es Franco, der das ermöglichte. Unsere finanziellen Mittel hätten nicht ausgereicht, um sie in dieser doch sehr komfortablen Einrichtung unterzubringen. Franco bestand darauf, die Differenz zu übernehmen.«

Fasziniert lauschte ich damals Marenas Erzählung und wollte von ihr wissen, ob Franco beabsichtige, Lena noch einmal zu besuchen. Marena wusste es nicht genau. Sie meinte, dass sie sich das aber gut vorstellen könne.

Da saß ich nun auf meiner Bettkante und dachte an ein Gespräch, das zwei Jahre zurücklag. Freies Wochenende gut und schön. Meine geplante Aufräumaktion konnte ich für heute vergessen. Meine Gedanken kreisten um Lena.

Kurzentschlossen setzte ich mich in mein Auto und fuhr zu ihr. Das Wetter war schön, und vielleicht würde sie sich freuen, wenn ich sie mit ihrem Rollstuhl, auf den sie seit kurzem angewiesen war, zum See fahren würde.

Lena war krank. Nach ihrem harmlosen Sturz vor zwei Jahren wurde bei einer Routineuntersuchung der Krebs entdeckt. Sie trug diese Botschaft mit Fassung und lehnte eine Operation kategorisch ab. Trotz der Diagnose wirkte sie niemals depressiv. Und immer, wenn sie sich unbeobachtet fühlte, verlor sich ihr Blick in der Ferne, und dann war da wieder dieses ganz besondere Lächeln in ihrem Gesicht. Ein Lächeln, das mich von Anfang an fasziniert hatte.

Nach gut zehn Minuten hatte ich mein Ziel erreicht. Meine Kollegin staunte nicht schlecht, als sie mich sah. »Marie, du hast frei, was willst du hier? Wenn du Lena besuchen möchtest, die ist nicht da. Ich glaube, sie ist am See.«

Meinen überraschten Blick übersah sie und war auch schon hinter der nächsten Tür verschwunden. Tausend Gedanken gingen mir durch den Kopf. Lena am See? Mit wem? Vadim war auf Geschäftsreise und Marena hatte übers Wochenende Besuch. Je näher ich dann Lenas Lieblingsplatz kam, desto deutlicher hörte ich das herzhafte Lachen einer Frau. Dann sah ich sie. Lena saß weder im Rollstuhl noch auf der Bank. Nein, sie saß auf einer knallroten Decke. Der Mann neben ihr kramte gerade in einem blauen Picknickkorb und zauberte daraus eine kleine Flasche Sekt hervor. Beide plauderten und lachten, und immer wieder berührten sich ihre Hände. Liebevoll fuhren seine Finger durch ihre Haare.

Lena und Franco.

Beim Anblick der beiden begann ich zu verstehen. Lenas oftmals entrückter Blick, ihr Lächeln, ihre Gelassenheit, mit der sie ihr Alter annahm. All das hatte mit Franco zu tun. Marena hatte es richtig erkannt. Franco war im Leben ihrer Mutter allgegenwärtig.

Fasziniert schaute ich zu den beiden hinüber, hörte die angenehme, sonore Stimme Francos und sah Lenas strahlendes Gesicht.

Unbemerkt von den beiden zog ich mich zurück. Nachdenklich begab ich mich zu meinem Auto und mir wurde klar: Jenes Bild, das sich mir an diesem Tag bot, würde ich nie vergessen. Niemals zuvor haben mich zwei Menschen derart berührt.

Genau drei Wochen später stand ich fassungslos in Lenas leerem Appartement. Eine Woche ist es jetzt her, dass sie nicht zum Frühstück erschienen war. Mit ihrem geheimnisvollen Lächeln hat sie uns für immer verlassen.

Baumaßnahmen

Der Zeitpunkt war ausgesprochen ungünstig. Seit Monaten versuchten wir vergeblich, Facharbeiter für unser Haus zu bekommen. Das Dachgeschoss sollte ausgebaut werden. Allerdings hatten wir nicht damit gerechnet, wie schwierig es werden würde, die unterschiedlichen Fachfirmen unter einen Hut zu bekommen. Wenn die Trockenbauleute konnten, hatte der Elektriker oder der Klempner keinen Termin frei oder umgekehrt. Nach langem Hin und Her klappten endlich die Terminabsprachen mit den einzelnen Firmen und es konnte losgehen.

Allerdings hielt sich meine Freude in Grenzen. William, mein Mann, würde die Bauarbeiten nicht überwachen können, da er kurzfristig beruflich ins Ausland reisen musste und nicht absehen konnte, wann er wieder zurück sein würde. Nun blieb alles an mir hängen.

Es war für mich der absolute Horror. Mit den Arbeitern der Vertragsfirmen war ein sprachlicher Austausch so gut wie nicht möglich, da sie kaum oder nur sehr schlecht meine Sprache verstanden oder verstehen wollten. Sobald ich einen von ihnen bat, dieses oder jenes zu ändern, da das mit dem Architekten, Herrn Berger, anders vereinbart worden war, erntete ich nur verständnisloses Achselzucken. Erst wenn ich Berger persönlich bat, das zu regeln, klappte es.

Meine Hinweise wurden schlichtweg ignoriert.

Obwohl ich ihnen sogar meine Gästetoilette im Erdgeschoss zur Verfügung gestellt hatte, benutzten sie gnadenlos mein persönliches Bad im Obergeschoss. Nach dieser Erfahrung verschloss ich sämtliche Türen.

Herr Berger, der sich um den zügigen Ablauf der Arbeiten kümmern sollte, war überraschenderweise nicht täglich vor Ort. »Die Leute wissen was sie zu tun haben, machen sie sich keine Sorgen«, versuchte er mich zu beruhigen.

Aber ich machte mir Sorgen. Mein Hausschlüssel, den ich ihm übergeben hatte, war nun täglich in der Hand anderer Arbeiter, jener Handwerker, die mich zuweilen respektlos anstarrten, meine Wünsche ignorierten – und da sollte ich mir keine Sorgen machen?

Sogar der Geruch in meinen Räumen veränderte sich. Ein Gemisch von Schweiß und aufdringlichem Aftershave waberte durch alle Ritzen.

Wenn mein Mann anrief und ich ihm sagte, dass ich mich im Haus nur noch unsicher fühlen würde und kaum eine Nacht durchschlafen konnte, lachte er nur und meinte zu mir: »Süße, nimm abends eine Schlaftablette, du brauchst deinen Schlaf.«

Jedenfalls dauerten die Bauarbeiten eine knappe Woche länger als angedacht, aber das sei immer noch ein guter Schnitt, meinte Herr Berger. Nachdem die Bauleute mein Haus verlassen hatten, erschien die Putzkolonne.

Um 19 Uhr war alles erledigt. Ich setzte mich erleichtert mit einem Glas Rotwein in meinen Sessel, genoss die Stille und die Tatsache, dass ab sofort kein Fremder mehr in unserem Haus ein- und ausgehen würde.

Müde und erschöpft begab ich mich ins Schlafzimmer, konnte allerdings trotz der Abgespanntheit schlecht einschlafen. Ich hatte wieder diesen grässlichen Albtraum. In ihm ging ich die Treppe nach unten und fand meine Eingangstür sperrangelweit offen vor. Der Wind wehte trockene, raschelnde Blätter in den Flur, und ich hörte in meiner unmittelbaren Nähe keuchende Atemgeräusche. Bewegungsunfähig und starr vor Angst blieb ich am unteren Treppenabsatz stehen. Dann wurde ich wach. Furchtsam, auf Zehenspitzen gehend, begab ich mich nun langsam nach unten und stellte erleichtert fest, dass die Außentür verschlossen war.

Zwei Tage später hatte ich den gleichen Albtraum. Ich rief meine Freundin Nadja an, die meinem Vorschlag, mich abends zu besuchen, sofort zustimmte.

»Ich komme gerne«, meinte sie fröhlich, »ich bin total neugierig auf den Umbau.«

Es wurde ein entspannter Abend und mir wurde bewusst, dass ich mich schon lange nicht mehr so entlastet gefühlt hatte. Dann erzählte ich Nadja von meinem Traum.

»Ich hatte wirklich den Eindruck, dass sich jemand im Haus befand«, sagte ich zu ihr, »es fühlte sich so real an, Nadja. Ich wurde wach und war wie gelähmt. Und dann war da dieser ekelhafte, aufdringliche Geruch. Obwohl ich schon ständig lüfte, bekomme ich ihn nicht aus meiner Nase.«

»Ja, das verstehe ich«, versuchte sie mich zu beruhigen, »aber das hat nichts zu bedeuten. Die letzte Zeit, mit den vielen fremden Menschen in deinem Haus, hat dich eben sehr verunsichert. Wenn dein Mann wieder zuhause ist, geht's dir bestimmt besser.«

»Wahrscheinlich hast du recht«, stimmte ich ihr zu. »Es sind ja nur noch zwei Tage, dann hole ich William vom Flughafen ab.«

Am Samstagabend vergewisserte ich mich, dass die Haustür verschlossen war, und ging relativ früh ins Bett. Ich las noch ein bisschen, löschte das Licht und freute mich auf die morgige Heimkehr meines Mannes.

Ich befand mich im Tiefschlaf, als ich plötzlich laut meinen Namen rufen hörte. Bevor mir bewusst wurde, dass die Rufe real waren, knipste jemand das Licht an und umfasste unvermittelt meine Arme. Panisch schreiend versuchte ich mich zu befreien, als die aufgeregte Stimme meines Mannes zu mir durchdrang.

»Ich bin es, mein Schatz, hörst du, ich bin es. Geht es dir gut? Bist du in Ordnung?«

Verwirrt stammelte ich: »Ja, warum nicht? Ich habe tief und fest geschlafen.«

»Gott sei Dank«, flüsterte William, »unsere Haustür stand sperrangelweit auf.«

Gunter Klarson

Auf dem Weg zum Supermarkt überfliege ich noch einmal meine Einkaufsliste. Irgendwie habe ich das Gefühl, etwas vergessen zu haben. Das wäre fatal, denn es soll heute ein absolut perfekter Abend werden.

Plötzlich werde ich brutal zurückgerissen, und zeitgleich ertönt die dröhnende Hupe eines LKWs.

»Ja doch, ist schon gut«, schnauze ich den jungen Mann neben mir an, der mich daran gehindert hat, direkt ins Auto zu laufen. Er geht kopfschüttelnd weiter.

Einige wütende Sätze aufgebrachter Passanten muss ich nun über mich ergehen lassen: »Undankbare Alte … Sie sollten dem jungen Mann dankbar sein!« Ein älterer glatzköpfiger Mann brüllt: »Ich hätte sie nicht zurückgehalten, meinetwegen hätte das boshafte Weib ins Auto laufen können!«

Ich schalte auf Durchzug, warte, bis die Ampel auf Grün springt, und setze meinen Weg fort. Ich lasse mir doch durch so einen läppischen Zwischenfall meine Laune nicht verderben.

Im Markt angekommen arbeite ich akribisch meine Liste ab. Sellerie, wieso haben sie heute keinen frischen Sellerie? Ich brauche ihn unbedingt für den Salat. Gunter mag am liebsten Selleriesalat. Bloß keine Tomaten, auf Tomaten reagiert er allergisch.

Seiner Frau, das habe ich schon mitbekommen, ist das scheinbar völlig egal. Ich habe das schon oft beobachtet. Entweder vergisst sie gänzlich, für ihn zu kochen, oder sie stellt ihm ein Fertiggericht in den Kühlschrank. Sie nimmt meines Erachtens viel zu wenig Rücksicht auf seine Befindlichkeiten.

Wenn ich daran denke, wie sie ihn kurz vor seinem Unfall, oder wie immer man das nennen mag, angegangen ist.

Er hätte nie Zeit für seine Familie, schmetterte sie ihm entgegen. Er würde gar nicht mitbekommen, dass sich Tochter und Sohn bereits in der Pubertät und nicht mehr im Kindergartenalter befänden. Der gemeinsame Urlaub wäre auch schon acht Jahre her, und an seine Versprechungen, er würde das zeitnah ändern, glaube sie schon lange nicht mehr.

Oh, dachte ich, eigentlich müsste ich mich einmischen, aber ich habe es nicht getan. Weder sie noch er hören mir wirklich zu.

Geweint hat sie, laut und hysterisch, total überzogen fand ich das.

Seinen Versuch, sie beschwichtigend in die Arme zu nehmen, blockte sie theatralisch ab.

Perfekte Schauspielerin, dachte ich, du hast ihn gar nicht verdient.

Ich bin immer noch auf der Suche nach Sellerie und entscheide mich, ausnahmsweise Sellerie im Glas zu kaufen.

Der Herr an der Fleischtheke sieht mich kommen und hält mir ein großes Stück Steak entgegen. »Na«, meint er freudestrahlend zu mir, »ein perfekteres Stück finden sie nirgendwo.«

Oh ja, denke ich, Herr Krause weiß: Wenn ich mich donnerstags dem Fleischstand nähere, werde ich ein Steak kaufen. Dienstags kaufe ich immer frischen Wildlachs.

Inzwischen befinden sich die aufgelisteten Lebensmittel in meinem Wagen. Noch immer in Gedanken, was ich wohl vergessen haben könnte, komme ich an den Spirituosen vorbei.

Gin, da steht Gin. Ich nehme die teuerste Flasche aus dem Regal. Ein paar Schritte weiter finde ich Tonicwater. Nun ist mein Einkauf vollständig.

Früher trank Gunter, wenn er erschöpft vom Dienst nachhause kam, Whisky. Beim letzten Mal, es war das letzte Mal, dass ich ihn gesund und munter gesehen hatte, goss er sich Gin mit Tonic in sein Glas und tat einige Eiswürfel dazu. Wie immer, bevor er den ersten Schluck zu sich nahm, drehte er das Glas in seiner Hand, bis die Eiswürfel ein klingendes Geräusch verursachten. Ich liebte es, ihm dabei zuzusehen. Dann öffnete er geräuschlos die Terrassentür und trat nach draußen in die Dunkelheit. Müde und versonnen hob er den Kopf und schaute in den klaren Sternenhimmel.

Was für ein wunderbarer Mann, dachte ich – und fühlte mich ihm so nah. Und dann blieb mir fast das Herz stehen. Für einen kurzen Moment sah ich eine Gestalt im hinteren Trakt seines Gartens. Ich schrie noch: »Pass auf, da ist jemand!«, aber es war zu spät.

Ich kann heute nicht mit Sicherheit sagen, wie oft geschossen wurde. Gunter taumelte rückwärts, fiel durch die zersplitternde Scheibe der Tür und blieb reglos liegen. Innerhalb weniger Minuten war es taghell in seinem Haus. Seine Frau kam die Treppe hinuntergestürzt und warf sich schreiend über ihren Mann. Der Krankenwagen war schnell zur Stelle und brachte ihn in die Notaufnahme des nahegelegenen Krankenhauses.

Diese schreckliche Geschichte ist jetzt genau drei Wochen her. Einige Tage nach dem Attentat sah ich ihn in seinem Krankenbett liegen. Angeschlossen an piepende und röchelnde Maschinen.

Oh Gott, dachte ich, bitte, bitte lass nicht zu, dass er stirbt. Mein innigster Wunsch wurde erhört. Gunter hat überlebt und wird heute aus dem Krankenhaus entlassen. Deshalb ist der heutige Tag für mich etwas ganz Besonderes.

Jetzt muss ich mich aber beeilen, damit ich alles noch schaffe. Essen zubereiten, den Gin kaltstellen und den Tisch eindecken.

Punkt 20 Uhr sitze ich auf meinem Sofa. In der Hand halte ich ein Glas Gin Tonic mit Eiswürfeln und drehe es bedächtig in meiner Hand, bis ein zartes Geräusch entsteht. Der Fernsehapparat ist eingeschaltet, und ich warte gespannt auf die 170. Folge von *Kommissar Gunter Klarson ermittelt*.

Samuel Mai

Die Patientin, die ich um 14 Uhr erwartete, erschien nicht zu ihrer Therapiestunde. Ich war etwas verärgert, weil ich jetzt eine Stunde untätig herumsaß. Mein nächster und für heute letzter Patient war Samuel Mai. Seit zehn Jahren kam er immer um 15 Uhr.

Bevor er das erste Mal bei mir gewesen war, hatte er bereits alles, was ihm wichtig erschien, ausgekundschaftet: Die Fahrverbindung, die Haltestelle, den restlichen Fußweg und die Etage, in der sich meine Behandlungsräume befinden. Wie er mir später berichtete, war es nicht einfach, eine psychotherapeutische Praxis ausfindig zu machen, die all seine Kriterien erfüllte.

Er erreichte mich mit der Buslinie 3. Die Haltestelle liegt seinen Angaben zufolge genau 153 Schritte von meinem Hauseingang entfernt. Die Tatsache, dass über meinem Haus die Nummer 33 steht und sich meine Praxis in der dritten Etage befindet, sah er als göttliche Fügung.

Anfangs, als er mich öfter konsultieren musste, gestaltete sich die Terminvergabe etwas schwierig, da er immer nur am dritten Tag des Monats zu mir kommen wollte. Ich konnte ihn davon überzeugen, dass ein Termin an einem 9. oder 12., also einem Datum, dessen Zahl durch drei teilbar war, akzeptabel sein dürfte.

Im Laufe der Zeit ertappte ich mich dabei, dass ich mich auf die Stunden mit ihm freute.

Vor einigen Jahren gingen Samuel und ich zum Du über. Er bat mich, ihn bitte nicht Samuel zu nennen, sondern Sam. Alle Leute, die ihn kannten, nannten ihn nur Sam. Wenn jemand den Namen mit den drei Buchstaben aussprach, war er überglücklich. Seiner Bitte, mich Rob nennen zu dürfen, stimmte ich nur zähneknirschend zu. Mein Name ist Robert. Meine geschiedene Frau nannte mich immer Rob. Ich hasse diese Abkürzung, und niemand durfte mich jemals wieder Rob nennen, außer – na ja, außer Sam.

Er ist nicht mein erster Patient mit einer Zwangsneurose, aber er ist der einzige, mit dem sich eine Art Freundschaft entwickelte. Obwohl das nicht ganz stimmt, es ist nicht nur eine Art von Freundschaft, für mich ist er ein Freund. Manchmal habe ich das Gefühl, nicht ich habe Sam therapiert, sondern er mich. Durch die Gespräche, die mitunter in eine Richtung abdrifteten, die ich nicht mehr beeinflussen konnte, habe ich sehr viel über mich gelernt.

Sam lehrte, bevor ihn seine Erkrankung aus dem Verkehr gezogen hatte, an der hiesigen Uni Philosophie. Einige seiner Fachbücher stehen sogar in meinem Bücherregal. Als seine Frau erkrankte, pflegte er sie jahrelang zuhause, verabreichte ihr Medikamente, zum Teil im Dreistundentakt. Die Zahl Drei bekam aber erst eine krankhafte Bedeutung für ihn, als seine Frau eines Nachts um 3 Uhr 33 für immer die Augen schloss. Seitdem zählte er, sobald er eine Treppe benutzte, die Stufen. Deren Anzahl musste dann durch drei teilbar sein. War sie es nicht, ging er ein paar Stufen zurück und wieder nach oben, bis die Rechnung aufging. Er zählte Autos, die in einem gewissen Zeitraum an ihm vorbeifuhren, Frauen oder Männer, die rote Kleidung trugen, usw. usw.

Die Zwangsneurose bestimmte bis heute Samuels Leben. Und trotzdem hatte sich viel verändert. Früher saß mir ein zutiefst unglücklicher, verzweifelter Mensch gegenüber. Aber seit geraumer Zeit lebte er mit seiner »Macke«, wie er es nannte, im Einklang. An unseren regelmäßigen Terminen wollte er aber unbedingt festhalten.

Meine freie Stunde, die mir durch das Nichterscheinen einer Patientin geschenkt wurde, verbrachte ich Kaffee trinkend und dachte dabei an Sam. Auch heute war er wieder pünktlich. Die Stunde war kurzweilig, und er berichtete mir von seinem gestrigen Kinobesuch. Er war hoch erfreut, weil er zum ersten Mal nicht mitgezählt hatte, wie oft ein bestimmter Schauspieler im Bild erschien oder wie häufig ein bestimmtes Wort verwendet wurde: »Rob, ist es nicht wunderbar? Seit Jahren der erste Film, bei dem ich nicht zählen musste.« Und dabei lachte er mich an, schlug sich begeistert auf die Schenkel und schien überglücklich. Es war sein letzter Besuch bei mir.

Wir verabschiedeten uns pünktlich, da er wie immer den Bus um 15 Uhr 57 erreichen wollte. Gewohnheitsgemäß blickte ich aus dem Fenster und wartete, bis er aus dem Haus kam. Auch diesmal schaute er hoch, winkte mir nochmal zu und rannte überstürzt, ohne auf den Verkehr zu achten, über die Straße, um den Bus, der eigentlich erst in zwei Minuten dort stehen sollte, zu erreichen.

Der Lastwagenfahrer hatte keine Chance zu bremsen. Im Krankenhaus hielt ich die schlaffe Hand meines Freundes. Sam lag im Koma. Die Augen starrten blicklos zur Decke, und ich sprach mit ihm, obwohl die Schwester meinte, dass er in diesem Zustand nichts mehr mitbekommen würde. Ich wusste aber, dass das nicht immer stimmen musste. Manche Patienten, die aus dem Koma erwachten, berichteten davon, dass sie alles gehört hätten, sich aber nicht bemerkbar machen konnten.

Wie lange ich an seinem Bett saß, weiß ich nicht mehr. Inzwischen wurde der Pfarrer gerufen. Er sprach ein kurzes Gebet und schloss mit den Sätzen der Dreifaltigkeit: »Im Namen des Vaters – und des Sohnes – und des Heiligen Geistes …«

Sam schien zu lächeln, als Punkt 18 Uhr sein Herz zu schlagen aufhörte.

Bestseller

Es war bereits Nachmittag, als er vom Einkaufen zurückkam. Für den kurzen Weg zum Supermarkt brauchte er inzwischen doppelt so lange wie noch vor drei, vier Jahren. Immer öfter musste er innehalten, setzte sich auf halber Strecke auf eine Bank und wartete darauf, dass die Schmerzen in den Beinen nachließen. Seit einiger Zeit konnte er auch nicht mehr tief durchatmen. So kam eins zum anderen, und die Ärzte würden mit ihrer Prognose recht behalten. Ihm blieb nicht mehr viel Zeit. Allerdings hatten sie ihm das schon vor zwei Jahren prophezeit. Er sei austherapiert, sagten sie ihm, und die verordneten Medikamente dienten nur dazu, seine Schmerzen weitgehend zu lindern. Das Rauchverbot sowie die Empfehlung, auf bestimmte Lebensmittel und Getränke zu verzichten, ignorierte er.

Ohne seinen geliebten Kaffee und hin und wieder eine Zigarette hätte er seinen vierten Kriminalroman niemals zu Ende schreiben können. Die Schreiberei war es, die ihn seine Krankheit vergessen ließ, die ihm Kraft gab und mit Zufriedenheit erfüllte. Gut, die Verkaufszahlen waren eher bescheiden, obwohl es inzwischen einen stabilen Leserkreis seiner Romane gab. Aber der große Durchbruch war ihm nie gelungen. Insgeheim hatte er schon gehofft, einmal einen Bestseller zu landen. Einen Bestseller, der ihm einen sechsstelligen Betrag einspielen würde. Filmproduzenten würden sich dann um die Filmrechte streiten und er würde die Einnahmen auf das Konto seiner Kinder schaufeln. Ja, davon träumte er.

Aus dem Augenwinkel nahm er das Blinken des Anrufbeantworters wahr.

»Oje«, meinte er lautstark zu sich selbst, »sie wird mir den Kopf abreißen.«

Er hatte schlichtweg vergessen, dass heute seine Tochter mit ihm einkaufen fahren wollte. Schuldbewusst drückte er den Knopf, um sich die Nachricht anzuhören.

»Hallo Papa, ich kann heute leider nicht kommen. Ich bin gestürzt und musste zum Arzt. Mach dir keine Sorgen, ich melde mich morgen.« Dann folgte wie immer: »Ich hab dich lieb und drück dich …«

Zweimal, dreimal hörte er sich die Nachricht an. Ihre Stimme wirkte angestrengt, und er wurde das Gefühl nicht los, dass sie ihr Weinen unterdrückte. In den letzten Jahren hatten sich ihre Unfälle gehäuft. Mal war es der Sturz von der Leiter gewesen, bei dem sie sich den Arm brach. Ein anderes Mal war sie im Bad ausgerutscht und bewusstlos ins Krankenhaus gebracht worden. Von den kleineren Unfällen zwischendurch ganz abgesehen. In seinem Hirn manifestierte sich ein bestimmter Verdacht.

Er griff zum Telefon und wählte die Nummer seiner Tochter. Es dauerte einen Moment bis sie an ihr Handy ging.

»Was ist passiert, wo bist du?«

»Es ist alles gut, ich habe ein paar Schürfwunden, mach dir keine Sorgen, Papa …«

»Mach ich mir aber, und ich will wissen, wo du jetzt bist.«

Sie wusste, dass er nicht locker lassen würde, und nannte ihm die Adresse des Krankenhauses. Kurz darauf stand er an ihrem Bett und hätte sie aufgrund ihrer Gesichtsverletzung beinahe nicht erkannt. Leise weinte sie vor sich hin und umklammerte hilfesuchend seinen Arm. Es zerriss ihm das Herz, sein »Baby«, wie er sie immer noch nannte, in diesem Zustand zu sehen. Und so grauenvoll war es bisher noch nie gewesen.

Er blieb, bis es dunkel wurde, lauschte ihren gleichmäßigen Atemzügen und streichelte ihre Hand. Inzwischen war sie eingeschlafen und umfasste im Schlaf noch immer seinen Arm.

Behutsam löste er sich aus ihrer Umklammerung, strich ihr nochmals liebevoll über ihr geschundenes Gesicht und verließ zielgerichtet das Krankenhaus.

Zwanzig Minuten später parkte er verkehrswidrig vor einer großen Einfahrt. Von diesem Punkt aus hatte er die Eckkneipe sowie zwei parallellaufende Straßenzüge im Blick. Heute war Dienstag, und er wusste, dass er nicht vergeblich warten würde. Kurz nach Mitternacht verließen drei Männer das Lokal. Sie grölten lautstark, offensichtlich vom Alkohol beflügelt, und keiner von ihnen beachtete das unscheinbare Auto vor der Einfahrt. Die drei trennten sich. Zwei stiegen in ein Auto und der dritte steuerte auf ein schweres Motorrad zu.

Da war er, er hatte ihn im Visier, sah, wie jener schwungvoll seine Maschine bestieg – und dann ging alles sehr schnell. Er gab Vollgas und raste schnurstracks auf den Motorradfahrer zu. Als dieser das herannahende Fahrzeug bemerkte, war es zu spät. Er war sofort tot.

Es folgte ein Schauprozess.

Jede Tageszeitung berichtete über diesen ungewöhnlichen Alten, der sich vehement dagegen wehrte, als Rentner bezeichnet zu werden: »Ich bin Autor und kein Rentner. Ich schreibe Kriminalromane.«

Dreiundsiebzigjähriger Autor tötet Schwiegersohn und bedauert nur, es nicht schon viel früher getan zu haben – diese Schlagzeile konnte man auf fast jeder Boulevardzeitung entdecken. Einige Blätter schrieben noch die Titel seiner bereits veröffentlichten Kriminalromane dazu und schlussfolgerten, dass es dem Autor scheinbar nicht mehr ausreichte, nur auf dem Papier zu töten. Diese vermeintlich schlechte Presse sorgte dafür, dass die Verkaufszahlen seiner Bücher rasant in die Höhe schnellten. In anderen Zeitungen wurde er als liebevoller, verantwortungsbewusster Vater dargestellt, der seine Tochter, koste es was es wolle, von ihrem Peiniger befreien wollte. Auch diese Aussage führte dazu, dass die Menschen seine Bücher lesen wollten. Seine Kriminalromane wurden über Nacht Bestseller.

Ihm war dieses Spektakel völlig egal. Er hatte getan, was endlich getan werden musste.

Jetzt war sein »Baby« frei. Frei wie ein Vogel.

Er hätte sich gewünscht, dass sie von ihrem Aussageverweigerungsrecht Gebrauch machen würde, aber das tat sie nicht. Sie schilderte dem Gericht haarklein von dem Martyrium ihrer Ehe und bat um Milde bei der Straffestlegung für ihren Vater. Vergeblich.

Das Gericht verurteilte ihn zu lebenslanger Haft. Lächelnd nahm er das Urteil an. Er spürte, dass er den Kampf gegen seine Krankheit längst verloren hatte. Nur mit viel Glück würden ihm vielleicht noch drei oder vier Monate bleiben; genau diese Zeit würde er benötigen, um seinen letzten Roman zu vollenden.

Fünf Monate nach der Urteilsverkündung fand man ihn morgens leblos in seiner Zelle.

Klassentreffen

Endlich bekamen wir die Starterlaubnis.

Voller Vorfreude und mit einem umwerfenden neuen Outfit im Gepäck träumte ich mich meinem Ziel entgegen. Ich schloss die Augen und ging in Gedanken die Namen meiner ehemaligen Klassenkameraden durch. An manche Namen konnte ich mich zwar erinnern, hatte aber kein Bild mehr vor Augen. Andere wiederum sah ich lebendig vor mir, konnte mich an ihre Gesten und Stimmen erinnern, an die Zurückhaltenden und die Vorlauten, die Quirligen und die Aufmüpfigen. Ich musste unwillkürlich schmunzeln. In welche Kategorie sie mich wohl einordnen würden?

Das letzte Mal sahen wir uns vor ungefähr 25 Jahren. Inzwischen waren wir alle Anfang vierzig, und ich war sehr gespannt, wie sich unser Wiedersehen gestalten würde. Zehn weibliche und zehn männliche Mitschüler hatten ihr Kommen angekündigt. Eine ausgewogene Mischung, dachte ich mir, besser geht's nicht.

Meine beste Freundin erwartete mich auf dem Kölner Flughafen, und wir fuhren lachend und nonstop plappernd in ihre Wohnung. Auch sie hatte sich ein neues Outfit für dieses Treffen zugelegt. Allerdings war sie sich nicht mehr sicher, ob es wirklich das Richtige für diesen Anlass wäre. Im Gegensatz zu mir konnte sie sich noch umentscheiden. Ich hatte, was mir wahnsinnig schwerfiel, noch vor meinem Abflug sicher sein müssen, was in meinem Minikoffer landen sollte.

Drei Stunden später stiegen wir gestylt und mit frischem Make-up in ein Taxi und nannten dem Fahrer unser Ziel.

Wir waren die ersten in der Pizzeria. Meine Freundin und ein ehemaliger Klassenkamerad, die Initiatoren des Treffens, standen nun abwartend an der Tür, um die Ankömmlinge zu begrüßen. Ich saß derweil etwas verloren an einem der Tische, als der erste Mitschüler den Raum betrat. Neugierig beobachtete ich ihn und hatte keinen Schimmer, wer er war.

Meine Freundin schaute in meine Richtung und meinte zu ihm: »Und das ist Rebecca Bartel, erinnerst du dich an sie?«

Jetzt schaute er zu mir herüber und taxierte mich länger als unbedingt nötig. Seinem Blick hielt ich stand und ärgerte mich, weil ich nicht verhindern konnte, dass mir die Röte ins Gesicht schoss.

»Nein«, entgegnete er, in einer Stimmlage, die aus dem Keller zu kommen schien. »An den Namen kann ich mich nicht erinnern, aber an diese Augen.«

Dann steuerte er auf mich zu, fragte überflüssigerweise, ob der Platz neben mir noch frei sei, und setzte sich, ohne meine Antwort abzuwarten.

»Paul, ich bin Paul Löwitsch.« Dabei schaute er mir mit unverhohlenem Interesse ins Gesicht. Braune Augen dachte ich, wunderschöne, dunkelbraune Augen, Dreitagebart, markante Gesichtszüge, und dann dieses schon fast unverschämte Lächeln, dem ich nichts entgegenzusetzen hatte, außer meinem Lächeln.

Ich weiß nicht, wer wann den Wein bestellte, jedenfalls hatten wir beide ein Glas in der Hand, prosteten uns zu und bekamen gar nicht mit, was um uns herum geschah. Inzwischen waren weitere acht oder neun Stühle besetzt. Karen schoss auf mich zu, begrüßte mich überschwänglich und meinte: »Ich wollte eure angeregte Unterhaltung nicht stören, schön dich zu sehen, Rebecca.« Zeitgleich ließ sie sich auf dem Stuhl neben mir nieder und verwickelte mich in ein Gespräch.

So nach und nach waren tatsächlich alle, die zugesagt hatten, eingetroffen. Da man sich möglichst mit jedem unterhalten wollte, wurden ständig die Plätze gewechselt. Diejenigen, die Kinder oder sogar Enkelkinder vorweisen konnten, kramten Fotos aus der Tasche und ließen geschmeichelt wirkend die Komplimente über den gelungenen Nachwuchs über sich ergehen.

Paul saß inzwischen am entgegengesetzten Ende des Tisches und schaute zu mir herüber. Sein Blick, dem ich mich nicht entziehen konnte und wollte, war eindringlich, fesselnd und fordernd. Neben mir wurde gelacht, und immer wieder wurde ich in ein Gespräch gezogen, dem ich nicht folgen konnte. In meinem Hirn herrschte Chaos. Jede Faser meines Körpers vibrierte. Um nicht unhöflich zu sein, lachte ich, wenn die anderen lachten, und nickte zustimmend, wenn die anderen nickten.

»Sorry, ich würde jetzt gerne neben Rebecca sitzen«, hörte ich Paul höflich, aber bestimmt sagen.

»Kein Problem«, versicherte mein sehr kommunikationsfreudiger Sitznachbar und räumte das Feld.

Paul ließ sich neben mir nieder, stellte mir ein weiteres Glas Wein vor die Nase und griff, als wäre es das Selbstverständlichste der Welt, nach meiner Hand. Behutsam zog er sie auf seinen Oberschenkel. Mein Herzschlag schien sich zu verdoppeln. Ich nippte an meinem Wein, schaute in sein Gesicht und ließ meinen Blick langsam abwärtsgleiten. Registrierte die geöffneten Hemdknöpfe, die dichte Brustbehaarung und seinen ausgesprochen muskulösen Oberkörper. Mein Impuls, ihn zu berühren, vielleicht noch ein, zwei weitere Knöpfe seines Hemdes spielerisch und spaßend zu öffnen, wurde durch seinen festen Griff verhindert. Meine Hand lag weiterhin fixiert auf seinem Oberschenkel – und das war gut so.

Spielerisch und spaßend die Hemdknöpfe öffnen – Blödsinn, wir waren erwachsene Menschen, und ich war gerade im Begriff, die Kontrolle zu verlieren.

Nichts lieber als das, schrie meine unvernünftige, lebensbejahende Gehirnhälfte und sorgte dafür, dass nochmals eine gehörige Portion Adrenalin durch meinen Körper gepumpt wurde.

Paul beugte sich langsam zu mir, schaute dabei unverhohlen in meinen Ausschnitt, lachte ein leises, kehliges Lachen und flüsterte mir ins Ohr: »Nicht nur dein Dekolleté ist umwerfend, Rebecca«. Dabei berührten seine Lippen für einen kurzen Moment meinen Hals. Ich schwieg und genoss.

Sein männlicher Geruch stieg mir in die Nase. Dieser Mix aus körpereigenen Duftstoffen und herbem Männerparfüm war unwiderstehlich.

Ach was, dieser Mann war unwiderstehlich, eine einzige Herausforderung. Unwillkürlich rutschte ich näher an ihn heran. Das Stimmengewirr, das Lachen um uns herum, verschmolz in meinen Ohren zu einer dumpfen, wabernden Sprechblase. Wir schauten uns an, schwiegen und wussten …

Lautstark rief plötzlich ein Mitschüler in die Runde: »Stellt euch alle an die freie Wand, wir machen ein Erinnerungsfoto, so jung kommen wir nie wieder zusammen. Ja, so ist es gut – lächeln – und nochmal lächeln!«

Oh ja, auch ich lächelte, und wie ich lächelte. Denn neben mir stand Paul …

Werner

Oh nein, nicht schon wieder.

Seinen Blick – ja, seinen magischen Blick – habe ich körperlich gespürt. Er muss mich schon eine ganze Weile heimlich beobachten. Niemals hätte ich sonst nach links geschaut.

Ganz in Ruhe wollte ich meinen Cappuccino trinken, meine Sachertorte genießen.

James und ich lieben diesen Platz unter den alten Kastanienbäumen und die Aussicht auf den Kleinhesseloher See.

Im Sommer ist es für James und mich ein Muss, mindestens jeden zweiten Tag in den Englischen Garten zu gehen.

Und nun das.

Beim Blick nach links schaute ich in zwei unbeschreibliche Augen. Das war keine plumpe Anmache. Diese Augen strahlten übermütig, fordernd und voller Hingabe. Ich darf nicht noch mal hinschauen, nein, das darf ich nicht. Er könnte meinen Blick als Aufforderung ansehen, näher heranzurücken. Nein, Lisa, du schaust nicht mehr hin! Hm – einen flüchtigen Blick aus dem Augenwinkel? Nur, um festzustellen, ob er noch da ist? Ich denke, das ist legitim. James darf es nur nicht merken.

Ja, ja, ja. Er sitzt noch da. Ist er heimlich ein Stück näher gerückt? Ich finde, er saß vorher weiter links. Und wie jung er ist – und offensichtlich allein. Oh nein, Lisa, denke nicht darüber nach. Meine innere Stimme mahnt mich zur Besonnenheit.

An dem Tisch schräg vor mir sitzen zwei junge Mädchen. Sie stecken die Köpfe zusammen, flüstern, lachen und schauen abwechselnd zu mir und zu ihm. Sie haben meinen Flirt mitgekriegt, meinen Kampf standhaft zu bleiben.

Mein Innerstes ist aufgewühlt, die Versuchung groß. Na ja, so alt bin ich gar nicht. Wir könnten noch eine schöne, aufregende Zeit miteinander haben.

James ist alt. Vielleicht hat er auch Verständnis dafür.

Nein, Lisa, das hat er nicht.

Meine innere Stimme hat recht. Vor einigen Jahren war ich genauso hin- und hergerissen von so einem jungen, lebendigen Kerl. James strafte mich mit Nichtachtung. Er aß weniger, nahm einiges an Gewicht ab und litt vor sich hin.

Damals hatte James gewonnen. Ich trennte mich nicht von ihm, sondern von dem anderen.

So, und jetzt werde ich meinen Cappuccino austrinken, bezahlen und, ohne mich noch einmal umzudrehen, gehen.

Ja, genauso mache ich das.

James atmete hörbar aus – und warf mir einen vorwurfsvollen Blick zu.

Oje, hat er doch etwas mitgekriegt? Hm – nur noch ein kurzer Blick aus dem Augenwinkel und dann gehe ich wirklich. Er ist näher gerutscht, ohne dass ich es bemerkt habe. Wir könnten uns berühren, so nah ist er mir. Ich glaube, ich werde schwach.

»Werner, Werner, Werner, wo bist du?« Eine junge Frau stürzt aufgeregt in meine Richtung. »Oh, das ist mir so peinlich. Ich hoffe, er hat Sie nicht belästigt? Jedes Mal, wenn er eine Frau sieht, die meiner Mutter ähnelt, ist er nicht mehr zu halten. Er liebt meine Mutter fast mehr als mich.«

Werner sitzt inzwischen dicht an meinen Beinen, drückt sich hingebungsvoll an mich, während ich sein helles, flauschiges Fell kraule. Mürrisch, gebe ich der jungen Frau den Rat, ihren Werner in Zukunft an die Leine zu nehmen. »Er ist jung, hübsch – und sehr schnell könnte ein anderer Gefallen an ihm finden!«

James, mein alter James, erhob sich, schüttelte den Sand aus seinem Fell, schaute gelangweilt zu dem Jungen hinüber – und irgendwie kam es mir vor, als würde er verstohlen grinsen.

Lesung

Zum dritten Mal erinnerte mich Lorenz daran, dass heute Freitag sei und ich mich langsam von ihm verabschieden sollte.

»Du willst doch die Lesung nicht verpassen. Du weißt, es ist immer unerfreulich, wenn jemand mitten ins Geschehen platzt.«

Ich musste ihm recht geben.

Lorenz mit seinen 75 Jahren war seit vielen Jahren an den Rollstuhl gefesselt. Ohne fremde Hilfe konnte er das Haus nicht mehr verlassen. Seine körperliche Verfassung war mehr als jämmerlich.

Sein Kopf, sein Geist, und seine Fähigkeit, andere Menschen in den Bann zu ziehen, war allerdings ungebrochen.

Wobei es eigentlich nur noch Klara gab, die im obersten Stockwerk eine Mansardenwohnung bewohnte, und mich. Wir halfen Lorenz, so gut es ging. Regelmäßig trafen wir uns, kochten gemeinsam und lauschten interessiert seinen Erzählungen.

Klara arbeitete bis vor kurzem nur stundenweise in der Redaktion einer großen Zeitung. Ihr Traum wurde wahr, als ihre unmittelbare Vorgesetzte in den Ruhestand ging und sie ihre Nachfolgerin wurde. Unsere gemeinsamen Abende, die wir sehr oft bei Lorenz verbrachten, wurden dadurch seltener.

Was allerdings nach wie vor anhielt, war das Interesse und die Begeisterung, Kurzgeschichten zu schreiben. Ich hätte es nie für möglich gehalten, dass es mir irgendwann einmal ein Bedürfnis werden sollte, meine Phantasien, meine Gefühle und Sichtweisen zu Papier zu bringen.

Das habe ich den beiden zu verdanken.

Als ich Lorenz kennenlernte, konnte er noch ohne fremde Hilfe laufen. Wir begegneten uns oft im Treppenhaus. Er grüßte mich jedes Mal freundlich, und ich grüßte mit fast tonloser Stimme und hochrotem Kopf zurück. Es war mir unangenehm, wenn mich jemand ansprach. Sofort errötete ich bis unter die Haarwurzeln, in meinen Ohren rauschte es, und ich versuchte so schnell wie möglich, außer Sichtweite zu gelangen.

Bei einer dieser Begegnungen bat mich Lorenz, der am untersten Treppenabsatz mit seinen Einkaufstüten stand, um Hilfe: »Junger Mann, würden Sie freundlicherweise einen Teil meiner Einkaufstüten nach oben tragen? Ich habe meine Kräfte wohl überschätzt.«

Damals war mein erster Gedanke Flucht, die Bitte ignorieren und schnell weitergehen. Noch während ich darüber nachdachte, drückte mir Lorenz zwei seiner Tüten in die Hand, lächelte mich an und meinte: »Zweiter Stock rechts, Lorenz Medic steht an der Tür. Das bin ich.«

Mit hochrotem Kopf, immer zwei Stufen auf einmal nehmend, eilte ich nach oben, stellte die Tüten vor die Tür und rannte dann so schnell es ging nach unten. Ich wollte nur noch das Haus verlassen und nicht angesprochen werden. Wieder begann das unangenehme Rauschen in meinen Ohren.

Unten angekommen fand ich Lorenz quer auf der Treppe liegend vor. Er stöhnte und hielt mir einen Zettel entgegen: »Diese … Nummer … anrufen … bitte …«

Das Rauschen in meinen Ohren wurde stärker.

Dann ging die Haustür auf, und Klara stand plötzlich vor uns. In Sekundenschnelle überblickte sie die Situation, riss mir den Zettel aus der Hand und rief mir zu: »Drehen Sie ihn auf die Seite, bleiben Sie bei ihm, sprechen Sie mit ihm, ich rufe den Notarzt!«

Ich drehte Lorenz, der keinerlei Lebenszeichen von sich gab, auf die Seite, sprach mit ihm, schob eine Küchenrolle, die aus dem Einkaufsbeutel gerutscht war, unter seinen Kopf und hielt seine Hand in der meinen.

Das Rauschen in meinen Ohren war verschwunden.

An jenem Tag machte ich den ersten Schritt in mein neues Leben. Das konnte ich allerdings damals noch nicht wissen.

Als der Notarztwagen mit Lorenz davonfuhr, griff Klara nach meiner Hand und zerrte mich aus dem Haus. »Kommen Sie, wir fahren mit meinem Auto hinterher. Übrigens, mein Name ist Klara, Klara Szuskala, sagen Sie einfach Klara zu mir.«

Inzwischen saßen wir in ihrer kleinen, bunten, mit Beulen und Schrammen übersäten Ente. Mit Vollgas fuhr sie dem Krankenwagen hinterher.

»Und du? Hast du auch einen Namen?«

Bis jetzt hatte ich noch keinen Ton über die Lippen gebracht. Was da gerade geschah, überstieg mein Fassungsvermögen. Diese Situation war für mich irreal. Bewegungslos saß ich neben Klara und versuchte mich zu beruhigen.

»Na los, komm schon, verrate mir deinen Namen. Ich sollte schon wissen, wie der nette junge Mann neben mir heißt.«

»Mein Na-na-name ist Lenn… Lennet – Lennet Sonne!«

Sie lächelte mich an. »Lennet, und dann auch noch Sonne. Dein Name gefällt mir, klingt positiv.«

Für Klara war es selbstverständlich, dass wir uns ab jetzt um Herrn Medic kümmern würden.

Nachdem er im Krankenhaus wieder zu sich gekommen war und Klara und mich sah, lächelte er uns an. »Meine beiden Schutzengel«, stammelte er mit brüchiger Stimme. »Danke – danke, dass ihr mir geholfen habt.«

Klara fragte ihn, ob wir ihm auch künftig weiter behilflich sein könnten. Herr Medic nahm dankend an.

Sie nahm seinen Wohnungsschlüssel entgegen und er beschrieb uns, wo wir die Dinge, die er im Krankenhaus benötigte, finden würden.

Es war ein merkwürdiges Gefühl, eine fremde Wohnung zu betreten, fremde Schränke zu öffnen und die bestellten Gegenstände zu entnehmen. Klara delegierte und ich befolgte ihre Anweisungen.

So ging das vierzehn Tage lang. Manchmal klingelte sie kurz bei mir und übergab mir den Schlüssel von Herrn Medic, bat mich, die Blumen zu wässern und kurz zu lüften. Dann folgte ein kurzes »Tschüss, Lennet, wenn es heute nicht zu spät wird, melde ich mich noch bei dir.«

Meine Panikattacken, wenn mich jemand ansprach, und das Rauschen in meinen Ohren waren in Gegenwart von Klara und Herrn Medic verschwunden. Meine Medikamente nahm ich weiterhin.

So begann unsere Freundschaft, die nun schon 20 Jahre besteht.

Als Herr Medic wieder zuhause war, besuchten wir ihn regelmäßig. Seine Wohnung war mir inzwischen so vertraut wie meine eigene. Wir nannten ihn auch nicht mehr Herr Medic, sondern, auf seinen Wunsch hin, Lorenz.

Ich liebte die Abende, an denen er über sein Leben sprach, wenn er den Rollstuhl, auf den er jetzt angewiesen war, in Bewegung setzte, um in seiner Bibliothek zielsicher nach einem Buch zu greifen. Seine Erzählungen ließ er durch Karten, Bilder oder Zitate noch lebendiger werden. So erfuhren wir, dass Lorenz Professor für Architektur und Geschichte war. Seine Liebe galt der italienischen Geschichte und dem Zeitalter der Renaissance.

»Meinem Vater«, so erzählte er, »Vincenco Medic, italienischer Herkunft, wie man unschwer erkennen kann, gelang es relativ früh, mein Interesse für die Kunst im Allgemeinen und die geschichtlichen Zusammenhänge zu wecken. Er konnte vermeintliche Banalitäten so verpacken, dass ich, gerade mal neun oder zehn Jahre alt, mit großen, staunenden Augen seinen Ausführungen lauschte. Er ermutigte mich, das Gehörte aufzuschreiben und eigene kleine Episoden zu erfinden. So kam es, dass ich mit Begeisterung und viel Phantasie meine ersten Kurzgeschichten schrieb. Immer öfter suchte ich in den vielen Büchern meines Vaters nach Schauplätzen, Jahreszahlen, Kriegshelden und anderen wichtigen Personen. Mein Interesse für die Architektur und Geschichte wurde in dieser Zeit geweckt.

Eines Tages erklärte mir mein Vater, der auch Ahnenforschung betrieb, dass wir die Nachkommen von Lorenzo di Medici seien. Er drückte mir ein Buch in die Hand und meinte: ›Lies es, Lorenz, es ist auch deine Geschichte.‹

Das tat ich – und war fasziniert. Es las sich wie ein Kriminalroman. Dieser Lorenzo di Medici wurde mein Held. Als inzwischen Zwölfjähriger las ich ab jetzt alles, was die Familie Medici betraf.«

Klara und ich nippten am Wein, schauten uns an und benötigten etwas Zeit, um das Gehörte zu verarbeiten. Später, als ich in meinem Bett lag und nicht einschlafen konnte, überwältigt von dem Verlauf des Abends, dankte ich dem Schicksal dafür, Klara und Lorenz kennengelernt zu haben.

Beide, jeder auf seine Art, trugen dazu bei, dass ich mich traute, über mein Leben, meine Ängste und meine Träume zu sprechen. Sie drängten mich nie. Sie hörten mir einfach nur zu.

Lorenz öffnete bei mir Türen, von denen ich noch nicht einmal ahnte, dass es sie gab. Er war es auch, der mich ermutigte, selbst zu schreiben. Er meinte: »Lennet, versuch es, lass deinen Gedanken, deinen Gefühlen, deiner Phantasie freien Lauf. Bisweilen ist schreiben leichter als sprechen.«

So begann ich zu schreiben, kurze und lange Geschichten. Lorenz gab mir ein Stichwort, ich recherchierte und gab meinen Protagonisten Aussehen und Charakter. Meiner Phantasie waren keine Grenzen gesetzt. Nach jeder vollendeten Geschichte fühlte ich mich besser. Inzwischen konnte ich sie, ohne zu stocken, in Gegenwart von Klara und Lorenz vorlesen.

Dann bat mich Klara, sie in ihren Literaturkreis zu begleiten. Sie bemerkte meine Panik und meinte: »Lennet, du bist nur dabei. Schau zu und höre hin. Es sind Menschen wie du und ich, Menschen, die genauso viel Freude am Schreiben haben wie wir und ihre Geschichten vortragen wollen.«

Seit diesem Abend bin ich ein festes Mitglied des Literaturkreises. Kaum eine Lesung habe ich versäumt. Es kommen immer wieder neue, schreibbegeisterte Menschen dazu, und andere bleiben weg. Miranda Schulz, eine korpulente, ständig penetrant nach schwerem, süßem Parfüm riechende, sehr forsche Person Ende fünfzig gehört zu den Gründungsmitgliedern des Kreises. Ebenso Klaras Kollegen Theo und Anita, Mutter von vier Kindern, die ihre Geschichten meist nachts schreibt, wenn ihre Kinder schlafen.

Die ersten Male ging ich nur mit Klara dorthin, schwieg, hörte zu und beneidete die anderen, weil sie selbstsicher am Rednerpult ihre Werke vortragen konnten.

Meine Mappe war voll, aber noch nie hatte ich etwas von mir vorgelesen. Anfangs stand Klara mit einer Geschichte von mir am Rednerpult und entschuldigte mich bei den Anwesenden mit den Worten: »Lennet darf wegen einer chronischen Stimmbandentzündung nicht sprechen, deshalb werde ich seine neueste Geschichte vortragen.«

Klara kannte alles, was ich bisher geschrieben hatte, sie wusste, wann eine kurze Pause gemacht werden sollte und welche Passagen langsam, welche schneller, leise oder laut gelesen werden sollten.

Als sie dort am Rednerpult stand, mit viel Einfühlungsvermögen mein Werk vortrug und sich immer wieder eine widerspenstige, rote Haarsträhne aus dem Gesicht strich, sah ich plötzlich eine andere Klara vor mir. Rote Locken, wunderschöne, braune Augen, eine kleine sanft geschwungene Nase, über und über mit Sommersprossen bedeckt. Sommersprossen, die sich auch über den Ansatz ihrer kleinen Brüste verteilten und den Anschein erweckten, als würden sie gebündelt ins Dekolleté rutschen. Sie war vertieft in mein Manuskript. Sie lächelte beim Lesen, wobei sich neben den Mundwinkeln kleine Grübchen bildeten.

Mir wurde erst bewusst, dass ich sie noch immer anstarrte, als es plötzlich still wurde. Klara schaute irritiert zu mir herüber. Ich fühlte mich ertappt. Zu allem Überfluss wurde ich auch noch knallrot.

Die Anwesenden applaudierten. Mein humorvoller, sensibler und prägnanter Schreibstil kam offensichtlich an.

Eines Tages teilte mir Klara ihren Entschluss mit: »Lennet, ab heute werde ich nie wieder eine deiner Geschichten vorlesen. Du kannst schreiben, dann kannst du auch lesen, basta!«

Lorenz musste lachen: »Klara hat recht. Du musst es üben, Lennet, immer wieder üben. Stell dir einfach vor, nur Klara und ich wären anwesend. Du kannst es, du kannst es sogar sehr gut!«

Es dauerte sehr, sehr lange, bis ich es schaffte, auch bei der offiziellen Lesung zum ersten Mal etwas von mir vorzutragen.

Inzwischen kümmere ich mich sogar um sämtliche Belange unseres Vereins, telefoniere mit Ämtern, organisiere Abende, an denen auch Hobby-Musiker ihre eigenen Stücke spielen oder vorsingen können.

Ich habe meine Angst verloren.

»Lennet, wo bist du mit deinen Gedanken? Beeile dich, du solltest wirklich nicht zu spät zur Lesung kommen!«

»Ja, ja, Lorenz, danke, ich bin schon auf dem Weg.«

Auf der Fahrt dorthin dachte ich weiter über mein zurückliegendes Leben nach.

Bevor ich Klara und Lorenz kannte, war mein Leben eine Katastrophe. Psychisch krank, von Ängsten und Panikattacken gepeinigt, hangelte ich mich von einem Tag zum nächsten. Klinikaufenthalte, oft monatelang, waren normal. Ohne Psychopharmaka und Therapien wäre ein Weiterleben für mich nicht möglich gewesen.

Lorenz, in seiner liebevollen, unaufdringlichen Art, fand den Zugang zu mir. Stückchenweise konnte ich mich ihm öffnen. Ich redete über Geschehnisse, die bis dahin für mich unaussprechbar gewesen waren. Über meine Kindheit, über Dinge, die tief aus meinem Innersten nach oben gespült wurden. Manchmal hinderte mich ein Weinkrampf am Weitererzählen. Lorenz nahm mich dann in den Arm und hielt mich so lange fest, bis ich mich beruhigt hatte. Einige Male schlief ich vor Erschöpfung in seinem Wohnzimmer ein.

Gelegentlich war auch Klara dabei, das störte mich nicht. Ich wusste um die bedingungslose Freundschaft und Liebe, die sie mir entgegenbrachte. Es war ein langer, anstrengender Weg, aber letztendlich konnte ich irgendwann auch auf meine Medikamente verzichten.

Noch immer in Gedanken hatte ich bereits unser Vereinshaus erreicht und eingeparkt. Meine Mappe, in der sich meine neue Geschichte befand, klemmte ich mir unter den Arm und betrat den Raum.

Klara war schon da und kam mir strahlend entgegen.

Ich begrüßte alle Anwesenden mit ein paar einleitenden Worten. Mein neues Manuskript lag vor mir und ich eröffnete mit ihm die heutige Lesung.

»Mein neues Werk, liebe Zuhörer, trägt den Titel *Das zweite Leben*.«

Es handelte von meinem früheren Dasein und von dem Moment, als ich Klara und Lorenz kennenlernte. Unsere Namen hatte ich in meiner Geschichte ge-

ändert. Ich schrieb über meine Gefühle, über Sichtweisen und über Liebe und Dankbarkeit.

Als ich die Mappe zuklappte, herrschte absolutes
Schweigen.

Theo, Klaras Kollege, stand auf und kam auf mich
zu. »Lennet, das war das Beste, was ich jemals von
dir gehört habe. Ich denke, du solltest endlich versu-
chen, einen Verlag zu finden, der deine wunderbaren
Geschichten veröffentlicht.«

Inzwischen stand auch Klara dicht neben mir. »Lennet, was du da eben gelesen hast, hörte sich an wie
eine Liebeserklärung!«

Ich schaute sie an, nickte, und zog sie behutsam in
meine Arme.

Seit zwei Jahren leben Klara und ich nun zusammen. Gemeinsam haben wir ein Buch mit dem Titel
Der lange Weg geschrieben, und genau heute, am Geburtstag von Lorenz, wird es im Handel erscheinen.
Wir haben Lorenz, unserem Freund und Mentor,
nichts davon erzählt, es soll eine Überraschung werden.

Weihnachten 1947

Mein Vater war unterwegs, um einen Weihnachtsbaum zu besorgen, und Mutter und ich schnippelten den Grünkohl. Auf meine Frage, was es morgen dazu geben würde, meinte sie: »Kartoffeln und für jeden ein Ei.«

Bei dem Gedanken lief mir das Wasser im Mund zusammen.

Meine Brüder rümpften nur die Nase. »Kartoffeln und Ei? Nee, Mutter, das geht gar nicht. Das erste Weihnachtsfest mit Vater, da muss Fleisch auf den Teller!«

Mutter lachte schallend los. »Gute Idee, Jungs, aber woher nehmen? Es war schon schwierig, die Eier zu bekommen.«

Die beiden schauten sich verschwörerisch an und entgegneten augenzwinkernd: »Das lass mal unsere Sorge sein, morgen gibt es Fleisch.«

Schon in den Kriegstagen waren meine Brüder Meister der Organisation. Ob es sich um das Heranschaffen von Heizmaterial oder Nahrung handelte, irgendwie schafften sie es immer, etwas aufzutreiben. Allerdings lauerte so manches Mal die Schmittn im

Hausflur, unsere Hauswartin, und bestand darauf, dass ihr die Hälfte der »Beute« ausgehändigt wurde.

Inzwischen war Vater drei Stunden wegen eines Baumes unterwegs. Draußen pfiff ein eisiger Wind, das Thermometer zeigte 16 Grad unter null, und es ging bereits auf Mitternacht zu. Meine Mutter lief unruhig in der Küche auf und ab, rührte zwischendurch den Grünkohl, der auf dem Herd vor sich hin köchelte, und stammelte immer vor sich hin: »Wo bleibt er nur, hoffentlich ist nichts passiert.«

Meine beiden Brüder wollten gerade losgehen, um ihn zu suchen, als er plötzlich breit grinsend mit einem schneebedeckten kleinen Bäumchen in der Küche stand. Während er uns berichtete, wo er fündig geworden war, zog ihm meine Mutter den Mantel aus, meine Brüder zerrten ihm die kaputten und durchnässten Stiefel von den Füßen, und ich stellte ihm eine Schüssel mit warmen Wasser hin, damit er seine durchgefrorenen Füße wärmen konnte. Er erzählte, dass er den Baum vom nahegelegenen Friedhof geklaut hatte. Die andere Möglichkeit hätte sich in einer Laubenkolonie angeboten, aber vermutlich wäre dann jemand sehr traurig gewesen, weil sein Baum verschwunden war. Auf dem Friedhof allerdings, meinte er schmunzelnd, könne man nicht davon ausgehen, dass jemand bekümmert sein würde.

Unser Vater war erst vor sechs Monaten aus der Kriegsgefangenschaft zurückgekehrt. Ich konnte mich kaum an ihn erinnern. Als er Soldat wurde, war ich drei Jahre alt, jetzt war ich elf. Meine beiden Brüder hingegen waren jetzt sechzehn und siebzehn Jahre alt und konnten sich sehr gut an ihn erinnern.

Todmüde und laut gähnend begab ich mich voller Vorfreude auf das morgige Weihnachtsfest in mein Bett.

Geweckt wurde ich durch das laute Geschrei und das Gezeter der Schmittn. Eigentlich hieß sie Frau Schmitt, aber alle nannten sie nur die Schmittn. Sie bewohnte die Parterrewohnung neben uns und genoss das Privileg, im Hinterhof einen kleinen Garten bewirtschaften zu dürfen.

Aber das schien nicht das einzige Privileg zu sein. Schon damals bei Fliegeralarm war es selbstverständlich gewesen, dass sie mit ihren beiden Katzen und dem ständig kläffenden Hund im Luftschutzkeller den besten Platz beanspruchte. Wenn wir Kinder vor Angst weinten, musterte sie uns mit stechendem Blick und schrie uns an, wir sollten endlich still sein. Meine Mutter sowie die anderen Erwachsenen reagierten nie auf ihr Gekeife. Die Schmittn wurde von allen angstvoll gemieden, und niemand wollte mit ihr aneinandergeraten.

Aber Frau Weiß aus dem vierten Stock legte sich dann doch mit ihr an, weil die Schmittn eine ihrer Töchter geohrfeigt hatte. Eine Woche nach dem Zwischenfall erschienen fünf uniformierte Männer, darunter auch der Bruder der Schmittn, zerrten Frau Weiß und ihre Töchter aus der Wohnung und brachten sie weg. Sie wurden nie wieder gesehen. Da begriff ich, weshalb Mutter uns immer eingetrichtert hatte: »Geht ihr aus dem Weg, dann kann auch nichts passieren.« Das gelang uns allerdings nicht immer, und auch ich und meine Brüder steckten so manche Ohrfeige von ihr ein, aber wir erzählten es niemals unserer Mutter.

Das Geschrei auf dem Hof nahm kein Ende. Ich sprang neugierig aus dem Bett und ging in die Küche. Als Vater mich sah, verdrehte er belustigt die Augen und meinte: »Na, Prinzessin, hat dich die Schmittn auch geweckt?«

»Ja, aber warum schreit sie so?«

»Die ruft ihre Katzen, die Katzen sind weg.«

Zitternd vor Kälte stand ich in der Küche. Mutter hatte ihre dicke Strickjacke an und wartete ungeduldig auf das Feuerholz, dass meine Brüder aus dem Keller holen sollten. Sie schüttelte ratlos den Kopf, da die beiden schon über eine Stunde dort unten zugange waren. Zähneklappernd verzog ich mich wieder in mein warmes Bett.

Als ich zwei Stunden später in der Küche erschien, war es bullig warm. Vater war dabei, den Stamm des Weihnachtsbaumes zu bearbeiten, damit er in den dafür vorgesehenen Ständer passte. Meine Brüder angelten den Karton mit dem Weihnachtsschmuck vom Schrank, und ich durfte das erste Mal in meinem Leben den Baum ganz allein schmücken.

Mittlerweile war es bereits fünf Uhr nachmittags, als Vater den Kopf durch den Türspalt steckte und mich fragte: »Hast du keinen Hunger, Prinzessin? Wir warten schon alle auf dich.«

Und ob ich Hunger hatte! Wie der Blitz eilte ich an den gedeckten Tisch und blieb wie angewurzelt stehen. Neben den Schüsseln mit den Kartoffeln und dem Grünkohl stand eine große Platte mit Fleisch. Mein Bruder zog mich lachend auf den Stuhl neben sich und meinte: »Es ist Weihnachten, Kleene, hab doch gesagt, es gibt heute einen Braten.«

Mutter tat jedem etwas auf den Teller, Vater zündete die Kerzen an – und ich wusste nicht, wann ich das letzte Mal so glücklichen gewesen war.

Gerade als wir zu essen begannen, klingelte es an der Tür. Vater stand auf, öffnete und stand kurz darauf mit der Schmittn im Zimmer. »Frau Schmitt wollte nicht stören, aber sie sucht noch immer ihre Katzen und wollte nur fragen, ob sie sich vielleicht in unseren Keller verirrt haben könnten.«

Wortlos starrten wir sie an. Mein älterer Bruder erklärte ihr, dass er heute Vormittag im Keller gewesen wäre – und da sei ihm ganz bestimmt keine Katze begegnet.

Die Schmittn schluchzte laut auf, und die Tränen liefen ihr über das Gesicht. Vater zog einen Stuhl heran, platzierte darauf die Schmittn und bat unsere Mutter, noch einen weiteren Teller hinzustellen.

»Essen Sie mit uns, Frau Schmitt, es ist Weihnachten. Weihnachten muss niemand alleine sein!«

Irritiert schaute sie in die Runde. »Ja, danke, wenn ich nicht störe, ich will Ihnen ja nichts wegessen.«

Ihre Tränen versiegten schlagartig und sie langte ordentlich zu. »Fleisch, das habe ich schon lange nicht mehr gegessen. »Was ist das für ein Braten?«

Meine beiden Brüder antworteten wie aus einem Munde: »Kaninchen, Frau Schmitt, zwei dicke, fette Kaninchen.«

Semikolon,
Gänsefüßchen und Co.

Von wegen Computerfachmann. Enttäuscht war ich, ja, richtig enttäuscht hatte er mich. Da brauchte ich einmal einen Rat, und er konnte mir nicht helfen. Meinen Monitor hatte ich bei ihm gekauft, meinen Rechner und diverse Mäuse, und dann ließ er mich mit meinem Problem einfach im Regen stehen.

Nicht, dass ich nass geworden wäre, nein, so ist das nicht. Der Regen ist in diesem Fall eine Metapher, das kennt doch jeder. Aber ich fühlte mich alleingelassen, völlig allein.

Seine Stirn hatte er in Falten gelegt, die Augen zusammengekniffen und mich ungläubig angesehen. Fassungslos stellte er fünf oder sechs Mal die gleiche Frage: Ob ich mein Anliegen ernst meine – und wo hier eine versteckte Kamera angebracht sei. Dabei wanderte sein misstrauischer Blick suchend durch den Raum.

»Was weiß ich, wo Sie Ihre Kameras versteckt haben«, gab ich verärgert zurück und merkte, dass ich immer lauter wurde. »Natürlich ist das mein voller Ernst, sonst würde ich Sie nicht um Hilfe bitten. Aber wenn Sie mir nicht helfen wollen, dann werde ich mir eben einen anderen Computerfachmann suchen müssen.«

In diesem Moment entspannten sich seine Gesichtszüge und er lächelte mich plötzlich freundlich an.

»Tun Sie das, liebe Frau, tun Sie das«, sagte er, sehr erleichtert wirkend. »Und wenn Sie einen Kollegen gefunden haben, der Ihr Problem lösen kann, würde ich mich freuen, wenn Sie mir berichten, wie er das angestellt hat.«

Mit diesen Worten schob er mich sanft aus seinem Laden und wünschte mir noch einen schönen Tag.

Jetzt regnete es wirklich, und ich wurde nass.

Inzwischen kenne ich sämtliche Computer-Fachgeschäfte dieser Stadt. Niemand konnte oder wollte mir helfen.

Seit kurzem habe ich jedoch endlich jemanden gefunden, der mein Problem ernst nimmt und mit mir gemeinsam nach einer Lösung sucht.

Im Internet stieß ich zufällig auf eine Seite, die Hilfe in allen Fragen rund um den Computer versprach. Mir sprang ihr Logo sofort ins Auge.

Kurzerhand meldete ich mich dort an und schilderte ihnen meine Schwierigkeiten. Erfreulicherweise antwortete die *SOS PC Hilfe* sofort. Mein persönlicher Berater, an den ich mich in Zukunft vertrauensvoll wenden sollte, hieß Mirko. Ich schrieb ihn an und schilderte ihm mein Problem:

Lieber Mirko,

ich weiß jetzt gar nicht, wie ich anfangen soll. Also ich schreibe, das heißt, ich schreibe Kurzgeschichten, aber auch Lyrik und Kriminalromane. Mein größtes Problem ist nicht das Schreiben, sondern die Interpunktion.

Also, mit den Gänsefüßchen bzw. Anführungszeichen oder dem Punkt und dem Frage- und Ausrufezeichen gibt es weniger Probleme. Wenn ich diese an eine falsche Stelle setze, bleiben sie dort und warten darauf, dass ich irgendwann bemerke, dass sie dort nicht hingehören. Es ist das Komma, dieses unverschämte, kleine krumme Ding. Anfangs dachte ich: Na gut, das eine oder andere hast du versehentlich an einer falschen Stelle platziert. Aber Pustekuchen. Ich entfernte sie, zumindest dachte ich, sie gelöscht zu haben, aber das war ein Irrtum. Unbemerkt von mir mogelten sie sich wieder zwischen die Buchstaben und trennten Sätze, die nicht getrennt werden wollten.

Ich war am Verzweifeln. Dann besuchte ich auf Anraten einer Freundin, die der Ansicht war, die falsche Kommaplatzierung läge an mir, einen Kommakurs. In diesem Kurs lernte ich, wann, warum und wo man ein Komma setzt. Ich war erstaunt, wie viele Menschen diesen Kurs besuchten.

Die Kursleiterin versorgte uns zum Abschied noch mit einigen DIN A4 Seiten, auf denen die wichtigsten Regeln der Kommasetzung vermerkt waren.

Jetzt konnte nichts mehr schiefgehen, dachte ich. Aber das war ein Irrtum.

Bei sämtlichen Geschichten, die ich nach dem erfolgreichen Kurs geschrieben habe, tummelten sich wieder kreuz und quer die kleinen krummen Dinger. Wütend eliminierte ich sie alle. Danach wurde es noch schlimmer. Sie fanden eine Lücke, verteilten sich wie Streublümchen auf einer Wiese und ruinierten meinen Text.

Dann kam ich auf die grandiose Idee, mein Manuskript an jemand anderen zu schicken, mit der Bitte, diese Quälgeister zu entfernen. Und siehe da, sie waren weg und kamen an dieser Stelle nie wieder.

Und deshalb, lieber Mirko, denke ich, dass sich mein Rechner einen Kommavirus eingefangen hat. Mein installiertes Virenprogramm ist leider nicht in der Lage, diesen Virus zu erkennen und auszumerzen. Es könnte natürlich auch sein, dass sich ein Kommanest in der Tastatur befindet. Wie auch immer. Blöd ist es allemal, denn die Garantiezeit ist bereits abgelaufen. Solltest auch du für dieses Problem keine Lösung parat haben, nehme ich gerne das preiswerte Korrekturangebot der *SOS PC Hilfe* in Anspruch, und schicke dir meine kommaverseuchten Manuskripte.

Zumindest werden dann einige dieser kleinen Tyrannen auf Nimmerwiedersehen verschwinden.

Zeitlupe

Eigentlich suchte ich nur den Locher, um ein paar Dokumente abzuheften, als mir ein Foto meiner Schwester in die Hand fiel. Ich musste schmunzeln. Sabine, sechs Jahre alt, mit krumm geschnittenem Pony, abstehenden Zöpfen und großer Zahnlücke, grinste mir entgegen.

Das musste im Juli oder August 1977 entstanden sein. Wir waren seit einigen Tagen auf Mallorca und hatten noch knapp drei Wochen Ferien vor uns.

Wir, das waren meine Eltern und meine kleine Schwester Bine. Eigentlich heißt sie Sabine. Wenn ich sie ärgern wollte, nannte ich sie Sabber-Bine oder Bienenstich.

Unsere Eltern fanden das nicht besonders lustig. Bine bekam dann ihren Schrei- und Wutanfall, und je lauter sie schrie, umso mehr musste ich lachen. Mein Vater wurde wütend, und meine Mutter, obwohl auch genervt, schmunzelte nur kommentarlos in sich hinein.

Wir wohnten damals immer bei Carmen, einer Freundin meiner Mutter. Sie lebte auf Mallorca, und Paolo, ihr Mann, war bei einem waghalsigen Tauchmanöver ertrunken.

Die Suche nach dem Locher gab ich auf, und schaute mir stattdessen die alten Fotos an. Da waren Hochzeitsfotos von Carmen und Paolo. Auf einem anderen meine Eltern. Mama im langen weißen Kleid und Carmen in einem knallroten Minikleid. Mein Vater stand strahlend dazwischen.

Dabei fiel mir ein, dass es nicht nur Bilder gab. Ich beschloss, am nächsten Tag Sabine anzurufen, vielleicht wusste sie, wo die Urlaubsfilme geblieben waren. Morgens, mittags und abends versuchte ich es, in der Hoffnung, sie persönlich an den Apparat zu bekommen – vergeblich. Letztendlich laberte ich ungehalten ihren Anrufbeantworter voll und bat um schnellen Rückruf.

Wenn ich zu diesem Zeitpunkt geahnt hätte, dass die Entscheidung, meine Schwester treffen zu wollen, unsere beiden Leben für immer verändern würde, hätte ich es vielleicht unterlassen.

Sabine rief ein paar Tage später zurück, und die Urlaubsfilme waren tatsächlich in ihrem Besitz. Sie war allerdings ein wenig irritiert über meinen hartnäckigen Wunsch, mich unbedingt kurzfristig mit ihr treffen zu wollen.

»Irgendwie haben mich die Fotos sentimental gestimmt«, erkläre ich ihr, »und nun kann ich es kaum erwarten, mein Sabber-Binchen zu drücken.«

Sie musste herzhaft lachen. »Sabber-Binchen hast du mich schon lange nicht mehr genannt. Wie schaut's aus, möchtest du am Freitag zu mir kommen?«

»Ja, natürlich«, stammelte ich voller Vorfreude.

»Okay, Fernando, dann bis Freitag, ich freue mich auf dich.«

Nach dem Anruf verspürte ich ein angenehmes, warmes Gefühl. Musste ich erst in den alten Fotos kramen, um an meine Schwester erinnert zu werden? Unsere Mutter war seit langem tot, und Vater seit zwei Jahren in einem Pflegeheim. Seit einigen Jahren sprach er kein Wort mehr. Die Ärzte meinten, dass es aus medizinischer Sicht keine Erklärung dafür gäbe.

Bei meinen regelmäßigen Besuchen erzählte ich ihm unter anderem, dass seine Lieblingsenkelin demnächst heiraten würde, und berichtete ihm von Menschen, die er kannte. Allerdings wartete ich vergeblich auf ein Zeichen, ein Erkennen, eine noch so kleine Gefühlsregung. Nichts, gar nichts passierte.

Mein Vater, mit dem ich gelacht und gestritten hatte, mein Vater, der mich früher aus so manch übler Situation herausboxte, saß mir gegenüber, starrte ins Leere, und nahm offensichtlich nichts mehr um sich herum wahr.

Tief durchatmen – konzentriere dich auf etwas Positives – zieh deine Mundwinkel nach oben – du wirst sehen – es geht dir schlagartig besser, sagte ich zu mir selbst und stellte fest: Es stimmte wirklich. Carmens Zauberformel funktionierte immer wieder.

Einen kurzen Moment spielte ich mit dem Gedanken, Carmen anzurufen und ihr vorzuschlagen, ebenfalls am Freitag mit zu Sabine zu kommen.

Doch mein gesunder Egoismus siegte. Ich wollte meine Schwester an diesem Abend nur für mich haben. Die Kombination »kleine Schwester, großer Bruder« hatten wir lange nicht.

Am Freitag fuhr ich zeitig los. Ich musste einmal quer durch die Münchner Innenstadt, und das konnte aufgrund des Berufsverkehrs etwas länger dauern.

Eine halbe Stunde früher als verabredet stand ich mit einem riesigen Blumenstrauß vor Sabines Tür und klingelte Sturm.

»Das sind die schönsten Blumen, die ich jemals in meinem Leben bekommen habe, zumindest von meinem allerallerliebsten Bruder.«

Lachend fiel sie mir um den Hals und lotste mich in den Wintergarten. Ich traute meinen Augen nicht. Das war typisch Sabine. Neben kleinen Kanapees standen verschiedene Dips, Salate, Fladenbrot und viele andere Köstlichkeiten. Ebenso eisgekühlter Champagner und uralter schottischer Whisky, mein Lieblingsgetränk. Sie bemerkte meinen erstaunten Blick und meinte beiläufig, dass es eine lange Nacht werden könnte und sie keine Lust hätte, ständig für Nachschub zu sorgen. Das leuchtete mir ein.

Wir plauderten über dieses und jenes, sprachen über gemeinsame Bekannte, und auch über Carmen. Sabine hatte regelmäßigen Kontakt zu ihr. Seit unser Vater im Heim war, ging es Carmen nicht besonders gut, und Sabine kümmerte sich um sie.

Nach dem tragischen Unfall unserer Mutter waren wir noch ein- oder zweimal bei ihr auf Mallorca gewesen. Die Urlaube nach Mamas Tod waren aber nicht mehr wie früher, und es störte mich damals gewaltig, wie vertraut Vater und Carmen miteinander umgingen. Letztendlich verkaufte Carmen ihr Haus in Spanien und zog einige Jahre später zu uns nach München.

»Weißt du, Sabine, dass Vater sie kurze Zeit danach geheiratet hat, war für mich ein Problem. Ich mochte Carmen, aber irgendwie fand ich es nicht richtig, dass sie jetzt Mamas Platz einnehmen sollte, und das ließ ich sie oft grausam spüren.«

Sabine hatte diesbezüglich eine andere Sichtweise. Sie meinte: »Carmen war Mutters beste Freundin, sie tat nichts, was dem Andenken unserer Mutter geschadet hätte. Erinnerst du dich, Bruderherz? Oftmals saßen wir zusammen im Wohnzimmer, und Carmen kramte in den alten Fotos, zu denen ihr immer eine nette Anekdote einfiel. Sie erzählte und erzählte und wir lachten Tränen, wenn sie Mutter auf eine liebenswerte Weise imitierte. Dadurch lernten wir Mama von einer uns unbekannten Seite kennen. Was ich allerdings nie verstanden habe: Weshalb hat sich unser Vater bei diesen Gelegenheiten niemals zu uns gesetzt?. Carmen bat ihn immer wieder, doch er verließ nur wortlos das Haus.«

»Vermutlich hat er Mamas Tod nie verwunden und wollte deshalb mit dieser Zeit nicht konfrontiert werden. Wie auch immer, es ist lange her. Aber lass uns jetzt die Filme gucken, ich bin schon sehr gespannt.«

Wir nahmen unsere Gläser, verließen den Wintergarten und begaben uns in den Wohnraum.

»Wo ist der Projektor, Sabine?«

»Den brauchen wir nicht. Inzwischen wurden alle Filme digitalisiert. Du wirst staunen, was man mit dem neuen Gerät alles veranstalten kann.«

Wir setzten uns auf große Kissen, die auf dem Boden lagen, und jeder hatte einen Teller mit Häppchen und Knabberzeug neben sich. Stimmungsvolles Kerzenlicht und eine dezente Hintergrundbeleuchtung schafften eine kaum zu überbietende Wohlfühlstimmung.

»Na, dann leg mal los, Bine!«

Auf dem riesengroßen Fernsehbildschirm flackerte und flimmerte es. Ich kam mir vor wie im Kino.

»Halt – spul noch mal zurück – zoom das näher ran – drück auf Bildstillstand – mach mal Zeitlupe!« So ging es bei jedem Film. Wir lachten uns kaputt. Sabine ohne Vorderzähne, breit grinsend auf einem Esel sitzend. Carmens Sohn, Ricardo, der mit einer Klorolle wie der Blitz im Wald verschwand, und dann wieder Szenen, in denen Mama auftauchte. Einmal

Mama und ich auf einem Felsvorsprung sitzend, und an diesen Moment konnte ich mich noch sehr gut erinnern. Ich erzählte ihr damals, dass ich mich in Annika, eine Klassenkameradin, verliebt hätte, und wir uns manchmal im alten Gartenhäuschen von Oma trafen. Mama lächelte nur, nahm mich in den Arm und meinte: »Deine Annika hat einen guten Geschmack.«

Bis dahin hatte ich meine Gefühlsregungen unter Kontrolle, doch bei dieser Szene konnte ich meine Tränen kaum zurückhalten. Sabine griff zwischendurch immer wieder zum Taschentuch, mal um Lachtränen wegzuwischen oder weil sie tieftraurig wurde.

Die Filme waren chronologisch aneinandergereiht. War ein Film zu Ende, wies Datum und Überschrift auf die verschiedenen Schauplätze des nächsten Films hin.

Plötzlich hielt Sabine meinen Arm fest.

»Stopp, Fernando, stopp, jetzt kommt der Film, na du weißt schon, der mit Mama. Willst du dir das wirklich ansehen?«

»Ja, Sabine, ja!«

»Gut, dann lasse ich dich allein. Ich kann das noch nicht …«

Kurz darauf saß ich mit der Fernbedienung in der Hand allein vor dem großen Bildschirm und zögerte, füllte mein Glas mit Whisky und starrte vor mich hin.

Das Unglück hatte *ich* gefilmt. Damals war ich vierzehn Jahre alt gewesen und folgte den Zurufen von Carmen: »Fernando, nicht gegen die Sonne filmen, geh weiter nach rechts, versuche die Klippen von der gegenüberliegenden Seite noch mit draufzubekommen!«

Sie standen damals alle lachend am Rand einer steil abfallenden Klippe – und dann der Schrei. Es dauerte ein paar Sekunden, bis ich realisiert hatte, was geschehen war.

Meine Mutter war abgestürzt. Sie stand eben noch zwischen den anderen – und nun war sie weg. Was danach geschah, nahm ich unscharf und verschwommen wahr. Carmen, mein Vater, und die anderen Freunde meiner Eltern liefen aufgeregt hin und her. Sabine schrie und schrie und hörte nicht mehr auf. Vater stürzte auf mich zu, nahm mich in den Arm, redete auf mich ein, ich hörte ihn nicht, ich hörte gar nichts mehr …

Meinen Whisky hatte ich inzwischen ausgetrunken und ich sagte mir, das sind die Erinnerungen eines vierzehnjährigen Jungen. Es ist über dreißig Jahre her. Innerlich kämpfte ich noch mit mir, doch dann drückte ich auf Play.

Dieser bewusste Tag hatte so harmonisch angefangen. Wir freuten uns alle auf den Ausflug zur Klippe. Ein beschwerlicher Aufstieg, der durch ein wunderschönes Panorama belohnt werden sollte.

Ich starrte gebannt auf den Bildschirm. Gleich würde der Moment kommen – und dann war er da. Das Unglück im Großformat. Es geschah rasend schnell, eben stand Mama noch zwischen den anderen, und im nächsten Moment war sie weg.

Wie konnte das geschehen? Ich spielte mit der Fernbedienung: Bildausschnitt vergrößern, ranzoomen, auf Zeitlupe schalten. Da, da war eine kurze, kaum wahrnehmbare Bewegung. Noch näher ran, Zeitlupe auf langsamste Stufe. Mein Herz schlug bis zum Hals. Das darf nicht wahr sein! Oh Gott – gib, dass es nicht wahr ist!

»Saaabiiine, Saaabiiine!«

Sie kam ins Zimmer gestürzt.

»Was ist passiert, Fernando? Beruhige dich, was ist passiert?«

»Er … er … er hat sie umgebracht. Er hat sie kaltblütig ermordet!«

»Wer hat wen ermordet?«

»Er hat sie runtergestoßen. Vater hat sie umgebracht!«

Ich weiß nicht mehr, wie lange meine Schwester und ich auf dem Boden saßen. Sabine weinte leise vor sich hin und ich starrte auf den gegenüberliegenden, schwarzen Bildschirm. Der Irrglaube, nach dem Tod unserer Mutter in einer weitgehend intakten Familie aufgewachsen zu sein, platzte wie eine Seifenblase. Die schmerzliche Erkenntnis, dass nichts so war, wie es den Anschein hatte, traf meine Schwester und mich wie ein Keulenschlag.

Draußen wurde es langsam hell.

Sabine erhob sich schließlich und meinte: »Ich mache uns jetzt einen starken Kaffee.«

Wir saßen uns gegenüber, schlürften das heiße Getränk und meine Schwester schaute mich fragend an: »Und nun, was machen wir jetzt?«

»Bine, ich weiß es nicht. Ich denke, ich werde Vater besuchen. Kommst du mit?«

Einen Tag später standen wir vor unserem Vater. Mein Herz schlug bis zum Hals, und ich sagte ihm, dass wir wissen, was mit Mutter geschehen war.

Er stierte wie immer teilnahmslos vor sich hin. Ich rüttelte ihn und brüllte: »Warum, warum hast du das getan?«

Ihm liefen die Tränen über die Wangen, er schüttelte nur den Kopf und wollte nach meiner Hand greifen.

Sabine und ich verließen wortlos das Zimmer und haben es, solange er lebte, nicht mehr betreten.

Er starb drei Jahre später.

Bei der Testamentseröffnung überreichte mir der Notar einen Brief. In Vaters schwungvoller Handschrift stand darauf: »Für meinen Sohn Fernando.«

Vor zehn Jahren hatte er sein Geständnis zu Papier gebracht. Daraus ging hervor, dass er sich damals unsterblich in Carmen verliebt hatte.

Nachdem Carmens Mann ertrunken war, erschien sie ihm so verletzlich, so einsam – und er wollte nur noch Carmen.

Später konnte er es nicht ertragen, wenn Carmen uns von der damaligen Zeit berichtete, wenn sie liebevoll von Mama sprach, wenn wir mit ihr lachten und sie aufforderten, noch mehr Anekdoten zu erzählen. Es gab ständig Streit zwischen ihm und Carmen.

Als ich den Brief las, dachte ich: Wie sollte sie das auch verstehen? Carmen wusste ja nichts von der schweren Schuld, die Vater auf sich geladen hatte.

Er schrieb, dass er jahrelang seinen Beruf nur noch mit Hilfe starker Medikamente ausüben konnte. Seine gut gehende Praxis musste er wegen Konzentrationsschwierigkeiten, die nicht unbemerkt blieben, aufgeben. Er bat in diesem Brief um Vergebung und überließ es mir, ob ich das Wissen um Mamas Tod mit jemandem teilen wollte.

Sabine und ich waren uns einig, dass wir über den Mord an unserer Mutter niemals sprechen würden.

Mark

Es ist früh am Morgen. Ich bin durchgeschwitzt. Die Nacht brachte keine Abkühlung und der Wetterbericht verspricht auch für den heutigen Tag Rekordtemperaturen.

Durch das offene Fenster höre ich das Lachen junger Leute, die mit dem Fahrrad zum nahen Baggersee unterwegs sind. Einige Wortfetzen, deren Sinn ich nicht verstehe, dringen an mein Ohr. Ich erhebe mich, gehe aus alter Gewohnheit zum Fenster, stelle mich auf die Zehenspitzen und schaue in die Richtung, aus der die Stimmen kommen. Eine hohe Mauer, dahinter noch höhere Bäume, versperren mir die Sicht.

Für einen kurzen Moment verspüre ich einen angenehmen kühlen Luftzug. Unter meinem Fenster wurde ein Rasensprenger angestellt. Ich kann ihn nicht sehen, aber hören. Der sanfte Wasserstrahl bewegt sich von links nach rechts und von rechts nach links und wedelt einen Hauch von Frische zu mir hoch. Wenn er sich links befindet, treffen die Wassertropfen auf einen hohlen Gegenstand, ich vermute, auf eine leere Tonne, und verursachen dabei einen dezenten Trommelwirbel.

Mark und ich haben uns immer köstlich amüsiert, wenn in unserem Garten der Rasensprenger lief. Kaum war der Wasserhahn aufgedreht, fanden sich Amseln, Stare und andere Vögel ein, um sich auf das Kleingetier zu stürzen, dass von dem Wasser aufgescheucht wurde. Am Wochenende frühstückten wir auf unserer Terrasse, planten gemeinsam den Einkauf und überlegten, womit wir unsere Gäste diesmal bewirten wollten. Wir bekamen oft am Wochenende Besuch. Unser Grundstück war wesentlich größer als das unserer Freunde. Allerdings schien das nicht ausschlaggebend zu sein, sondern der außergewöhnlich große Naturteich. Bei hochsommerlichen Temperaturen sprach nichts dagegen, ihn als Pool zu nutzen.

Oh ja, als Pool wurde der Teich oft genutzt. Auch an dem Abend vor sechs oder sieben Jahren, als ich meine beste Freundin Joana mit meinem Mann in einer eindeutigen Situation überraschte. Joana bemerkte mich zuerst. Ich sah ihr spöttisches Lächeln, während sie aus dem Wasser stieg und selbstsicher an mir vorbeistolzierte. Dicht gefolgt von Mark, der nackt an mir vorbeiging, mich weder ansah noch auf mein Rufen und Bitten reagierte. An diesem Abend war ich das letzte Mal in unserem Haus.

Ich wurde in einem Polizeiauto und mein Mann in einem Leichenwagen abtransportiert.

Jetzt höre ich eine andere Clique, die ebenfalls ungesehen von mir zum Baggersee radelt. Sie sind lauter als die Ersten. Eine mädchenhafte Frauenstimme ruft mehrmals: »Mark, Mark, nun warte auf mich …!« Sie bekommt keine Antwort, stattdessen ist nur das laute Lachen der anderen zu hören, die sich weiter zu entfernen scheinen.

Ihr Schreien wird immer hysterischer: »Mark, jetzt warte doch, komm bitte zurück!«

Ich schließe meine Augen und bleibe wie erstarrt am Fenster stehen.

Mark, warum ruft sie nach Mark? Sie soll aufhören zu rufen. Er wird nicht anhalten, denke ich, er wird noch nicht einmal zurückschauen, er wird zu der anderen gehen, du dummes Mädchen. Hör endlich auf zu rufen!

In ihr Kreischen mischt sich lautes, verzweifeltes Weinen, das sich kontinuierlich in meinem Kopf zu einem Crescendo verstärkt.

Während ich mich an den Gitterstäben vor meinem Fenster hochziehe und der Schmerz in meinem Kopf unerträglich wird, höre ich mich schreien: »Töte ihn, Mädchen … hörst du … er verlässt dich … er geht zu der anderen … du dummes Mädchen, du musst Mark töten!«

Ein trockenes Schluchzen entweicht meiner Kehle, meine Finger werden kraftlos und lösen sich von den Gitterstäben. Apathisch gleite ich auf den kühlen Boden meiner acht Quadratmeter großen Zelle und lausche nach draußen.

Jenseits der Mauer ist es still geworden. Nur der Rasensprenger erzeugt weiterhin seinen zurückhaltenden Trommelwirbel.

Vergänglichkeit

Vergänglichkeit
älter als die Welt
Bestandteil des Seins
uns lange zum Narren hält

Die Vergänglichkeit
tarnt ihren Namen
nennt sich gerne Veränderung
sie führt Regie
hat immer das Sagen
und weiß
der Mensch bleibt lange dumm

Als junger Mensch
sieht man nicht ihre Zeichen
Veränderung muss sein
Gewohntes muss weichen
Freunde kommen
Freunde gehen
vielleicht wird man später sich wiedersehen
Man wechselt die Arbeit
manchmal die Gesinnung
denkt
so ist halt das Leben und deine Bestimmung

Die Vergänglichkeit
folgt dir von Ort zu Ort
die Vergänglichkeit
was für ein Wort
man hört es
nimmt es nie wirklich auf
doch nimmt sie rücksichtslos
ihren Lauf

Irgendwann
zieht sie bewusst bei dir ein
wann genau
der Zeitpunkt verschwimmt
nur eins ist sicher
sie gibt nie
sie nimmt

Sie ist böse
probiert ihre Macht
erst langsam subtil
sie raubt dir die Kraft
gaukelt vor
dir eine Freundin zu sein
will dich glauben lassen
alles wird gut
nicht nur der Blick in den Spiegel
raubt dir den Mut

Sie verspricht dir
auch wenn dein Körper verfällt
du bekommst dafür Weisheit
die deinen Geist erhellt
sie belügt dich – du weißt es
Vergänglichkeit kann nie etwas geben
letztendlich
nimmt sie uns allen das Leben

… aber nicht heute und auch nicht morgen.
Lasst es euch gutgehen …

Eure

Rose-Mary Hein

Der erste Fall von Engels und Bär:

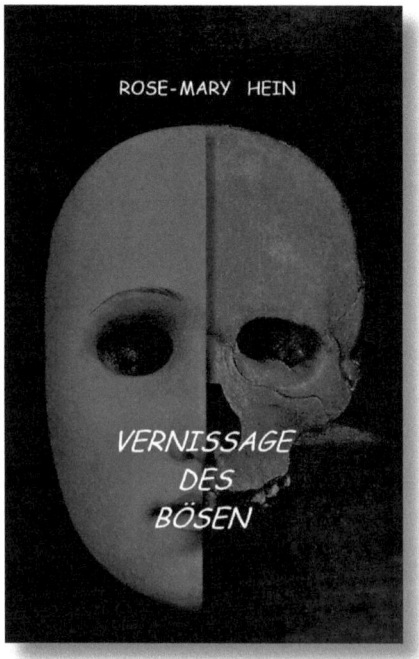

Rose-Mary Hein: **Vernissage des Bösen.**
Books on Demand 2015, 280 Seiten, 9,90 EUR.
ISBN 978-3-738-61401-5

Leseprobe

Die Flüge nach Berlin waren gebucht, die Koffer
gepackt. Morgen würden sie beide Athen verlassen.
Aber niemals hätte er einfach so gehen können. Zum
letzten Mal wollte er den vertrauten modrigen Ge-

ruch in seine Lungen ziehen, bevor er den Raum für immer verriegeln würde. Er war alleine hier unten. In den letzten Jahren war er immer nur alleine hier.

Er verzichtete darauf, den Lichtschalter zu betätigen. Stattdessen zündete er einige Kerzen an, die auf den Regalen standen – und setzte sich andächtig auf die marode Pritsche. Sein Blick tastete, ähnlich einem Laserstrahl, jedes noch so kleine Detail des Raumes ab, wanderte über ineinander gestapelte Schüsseln, Eimer und Zinkwannen, über geschlossene Schübe, deren Inhalt in einem Krankenhaus der Dritten Welt Fortschritt bedeutet hätte. Unter den vier breiten Regalen hingen, säuberlich aufgereiht, verschiedene Sägen, der Größe nach geordnet. Ebenso Zangen, unterschiedliche Zangen. Einige, die in der Zahnmedizin verwendet wurden. Jene, mit denen man Molaren, Prämolaren oder Schneidezähne problemlos aus dem Kiefer extrahieren konnte. Alles hing griffbereit zwischen dem untersten Regal und dem großen Holztisch – dem alten, rustikalen Holztisch, der eine ungewöhnliche Maserung aufwies.

Er erhob sich von der Pritsche, näherte sich jenem Tisch mit den schwarzen Streifen und betrachtete zufrieden grinsend die dunklen, unregelmäßigen Linien. Blut. Das eingetrocknete Blut seiner unzähligen kleinen, wehrlosen Opfer. Blutreste, die sich anklagend für die Ewigkeit tief ins Holz gefressen hatten. Mit dem Fingernagel fuhr er kraftvoll durch eine der dunklen Rillen und schob genüsslich ausgedörrte, schwarze Krümel an den Rand des Tisches.

Sein Blick wanderte nach oben. Gläser, viele verstaubte Präparategläser, standen dort gut verschlossen in Reih und Glied. Er schaute in grotesk verzerrte, offene Münder, die den Blick auf winzig kleine, noch nicht an feste Nahrung gewöhnte Zähne freigaben. Spielerisch drehte er eins der vielen Gläser in seiner Hand. Er beobachtete mit kindlicher Freude den Tanz der blicklosen Augen, die schwerelos in der Formalinlösung auf und ab wippten. Erwartungsgemäß setzte wieder das wohlige Kribbeln und Ziehen in seiner Leistengegend ein. Mit geschlossenen Augen genoss er einen kurzen Moment dieses angenehme Gefühl.

Als er das Glas wieder an seinen Platz stellen wollte, hielt er einen Moment inne. Diabolisch grinsend stieg er auf einen Stuhl, griff gezielt nach einem mittelgroßen Glas, das versteckt in der hintersten Reihe stand. Eine schmierige Staubschicht ließ den schwerelos tanzenden, grausamen Inhalt nur schemenhaft erkennen. Wild wippte und drehte sich das schwimmende Präparat in seinem nassen Gefängnis und schlug, ein klickendes Geräusch verursachend, immer wieder gegen die Innenseite des Behälters. Von plötzlicher Panik ergriffen stellte er das Glas, das in seiner Hand zu glühen schien, auf das unterste

Regal und wich entsetzt zurück. Der Inhalt wippte und drehte sich unaufhörlich weiter.

Ihm wurde übel. Sein Herz raste, Schweißperlen standen auf seiner Stirn. Das klickende Geräusch wurde kontinuierlich lauter und lauter und peinigte erbarmungslos sein Trommelfell. Zitternd presste er beide Hände auf seine schmerzenden Ohren und schleppte sich keuchend die fünf Stufen nach oben, verriegelte mit letzter Kraft den Raum und kroch wie ein angeschossenes Tier ins Freie. Erschöpft fiel er auf die Knie und erbrach einen Schwall grüner Galle.

Der zweite Fall von Engels und Bär:

Rose-Mary Hein: **Blutkreide.**
Books on Demand 2018, 260 Seiten, 9,90 EUR.
ISBN 978-3-7481-6725-9

Leseprobe

Mit großem Interesse verfolgte ich seit einiger Zeit
die nahezu perfekte Werbekampagne für den neu-
en Sporttempel. Ob im Radio oder in der Tageszeitung, fast täglich wurde auf das Innovative dieser

neuen Filiale hingewiesen. Sogar in der regionalen Abendschau bekam der Betreiber, Paul Kessler, die Möglichkeit, persönlich auf die Besonderheit seiner neuen Geschäftsstelle aufmerksam zu machen. Ich hing an seinen Lippen, registrierte jede seiner Bewegungen. Jahrelang hatte ich vergeblich versucht, meinen Frieden mit den Geschehnissen von damals zu machen. Es gab nur eine einzige logische Konsequenz: Ich musste endlich handeln. Seit dem Tag, an dem ich diesen unumkehrbaren Entschluss gefasst hatte, fand ich meine innere Ruhe wieder.

Paul Kessler war der Erste auf meiner Liste. Die anderen beiden würden folgen. Gedanken darüber, was geschehen würde, wenn sie mich fassten, ließ ich gar nicht zu. Warum auch, es war mir inzwischen schlichtweg egal. Ich hoffte nur, dass ich mein Vorhaben beenden konnte, bevor sie mich aufspüren würden.

Mein zeitlicher Rahmen war eng. Ich durfte mir keinen Fehler erlauben.

Morgen, am Samstag, würde die Eröffnungsfeier in Berlin-Charlottenburg stattfinden. Aber das interessierte mich nur am Rande. Für mich war der Tag davor wichtig.

Schon seit einiger Zeit beobachtete ich das Gebäude, sah die Lieferfahrzeuge und die Handwerker ein- und ausgehen. Einmal gelang es mir, mich unter die Arbeiter zu mischen. Aufmerksam erkundete ich die Räumlichkeiten und verließ, nachdem ich mir einen Überblick verschafft hatte, das geschäftige Treiben. Ich wusste inzwischen, dass Paul Kessler immer als Erster seine Filiale betrat und sie als Letzter verließ. Auch heute früh, am letzten Tag vor der Eröffnung, standen wieder Lieferanten vor der Tür und schleppten einige Kartons in den Keller des neuen Sporttempels.

Nachdem ich genug gesehen hatte, ging ich nachhause, um mich mental auf meinen Plan vorzubereiten. In einigen Stunden würde ich wiederkommen, um endlich zu tun, was getan werden musste.

Ab 15 Uhr beobachtete ich wieder die Eingangstür, mal von meinem Auto aus, das schräg gegenüber stand, dann wieder vorbeischlendernd an den Auslagen der in unmittelbarer Nähe gelegenen Geschäfte. Gegen 17 Uhr war es dann so weit: Kessler öffnete die Tür, um seine letzte Angestellte ins freie Wochenende zu entlassen. Zügig verschwand sie in der Menge. Blitzschnell eilte ich zu der bereits wieder verschlossenen Tür und klopfte an die Scheibe. Kessler drehte sich genervt wirkend um und fragte mich durch die geschlossene Glastür, was ich wolle. Pantomimisch versuchte ich ihm klar zu machen, dass mein Handy im Laden läge. Er schloss auf.

»Im Keller – mein Handy muss im Keller liegen. Heute früh, bei der Lieferung, muss ich es irgendwo abgelegt haben …«

Kessler verdrehte die Augen und gab mir, dem vermeintlichen Lieferanten, durch eine unwirsche Handbewegung zu verstehen, dass ich ihm folgen solle. Er lief – nein, eigentlich stolzierte er, ähnlich einem eitlen Pfau – aufrecht vor mir her. Ich war erstaunt, wie schmal und klein er war. Vermutlich maß er gerade mal knapp 1,70 Meter. Seine halblangen, blonden Haare waren im Nacken zusammengebunden, und er redete unentwegt vor sich hin, ließ mich teilhaben an seiner Einstellung oberflächlichen Menschen gegenüber.

Schlussfolgernd meinte er: »Kein Wunder, dass Sie es in Ihrem Leben nur bis zum Lieferanten gebracht haben. Typen wie Sie lassen vermutlich ständig irgendetwas liegen oder erledigen nur die Hälfte der Arbeiten, die ihnen aufgetragen werden. Mangelndes Verantwortungsgefühl, ja, genau das ist es, mangelndes Verantwortungsgefühl. Und ich sage Ihnen, die Tendenz ist steigend. Es wird immer schwieriger, engagierte, verantwortungsbewusste Mitarbeiter zu finden.«

Sein Gelaber erreichte mich nicht. In meinem Kopf war er bereits tot.

Als wir die Hälfte der Kellertreppe hinuntergegangen waren, versetzte ich ihm einen Tritt, und Kessler stürzte, einen gellenden Schrei ausstoßend, die restlichen Stufen hinunter.

Mit schmerzverzerrtem Gesicht und weit aufgerissenen Augen starrte er mich an.

Blitzschnell stopfte ich ihm eine Mullwindel in den Rachen und schleifte ihn, während er sich heftig zur Wehr setzte, in den unverschlossenen Kellerraum am Ende des Ganges. Er war ein Leichtgewicht. Seine Arme befestigte ich mit Nylonschnüren am Heizungsrohr, und sobald er sich bewegte, brachte ich ihn mit einem heftigen Tritt zur Räson. Ich stand vor ihm und musterte ihn emotionslos. Schweißnass klebte sein Hemd am Körper. Seine Pupillen schienen vergrößert und unentwegt drangen gurgelnde Geräusche durch den Knebel nach außen.

Bedächtig holte ich das brandneue Jagdmesser sowie die weiße Kreide aus meiner Tasche. Diese Utensilien stammten, ebenso wie die Nylonschnüre, aus dem Fundus des Sporttempels. Ich strich Kessler seine langen, mittlerweile klatschnassen Haare, die ihm die Sicht nahmen, zur Seite und hielt ihm die Kreide vor die Augen. Gespannt beobachtete ich seine Reaktion. Ein paar Sekunden lang hatte ich den Eindruck, er begriff die Bedeutung der Kreide nicht. Das plötzlich einsetzende Wimmern und Winseln allerdings, das kurz darauf nur dumpf durch den Knebel drang, bestätigte mir, dass der Anblick der Kreide durchaus richtig verstanden wurde.

Zufrieden nickte ich ihm zu. Mit ängstlichem Blick verfolgte Kessler jede meiner Bewegungen. Als ich mich mit der Nylonschlinge auf ihn zubewegte und Anstalten machte, sie um sein Bein zu legen, verlor er die Kontrolle über seinen Körper. Ich hielt einen Moment inne und beobachtete zufrieden die bebende und heulende Kreatur zu meinen Füßen.

Langsam bückte ich mich und befreite Kessler, der zitternd vor mir lag, von seiner urindurchtränkten Hose, legte die Schlinge um sein Bein, zog es straff von seinem Körper weg und befestigte die Schnur ebenfalls an einem Heizungsrohr. Im Zeitlupentempo tat ich das Gleiche mit dem anderen Bein.

Mit weit aufgerissenen Augen starrte er mich an.

Da ich hinterher keine Abdrücke meiner doch sehr prägnanten Schuhsohlen hinterlassen wollte, benutze ich Plastiktüten als Überschuhe. Dann zog ich das Messer aus dem Schaft und platzierte es eine Handbreit unter seinem Bauchnabel. Spätestens in diesem Moment schien er zu ahnen, was ich vorhatte. Seine Atmung wurde flach und hektisch, seine Muskeln verkrampften, und ich hatte schon die Befürchtung, dass er vorzeitig kollabieren würde. Erfreulicherweise waren meine Bedenken unbegründet.